김문형 新무협 판타지 소설
FANTASTIC ORIENTAL HEROES

실명무사 ㄱ

김문형 新무협 판타지 소설

초판 1쇄 찍은 날 § 2019년 9월 20일
초판 1쇄 펴낸 날 § 2019년 9월 27일

지은이 § 김문형
펴낸이 § 서경석

총괄팀장 § 노종아
편집책임 § 신나라

펴낸곳 § 도서출판 청어람
등록번호 § 제387-1999-000006호
등록일자 § 1999. 5. 31
어람번호 § 제2-2810호

주소 § 경기도 부천시 부일로 483번길 40 서경B/D 3F (우) 14640
전화 § 032-656-4452 팩스 § 032-656-4453
http://www.chungeoram.com
E-mail § chungeorambook@daum.net

ⓒ 김문형, 2019

ISBN 979-11-04-92055-4 04810
ISBN 979-11-04-91975-6 (세트)

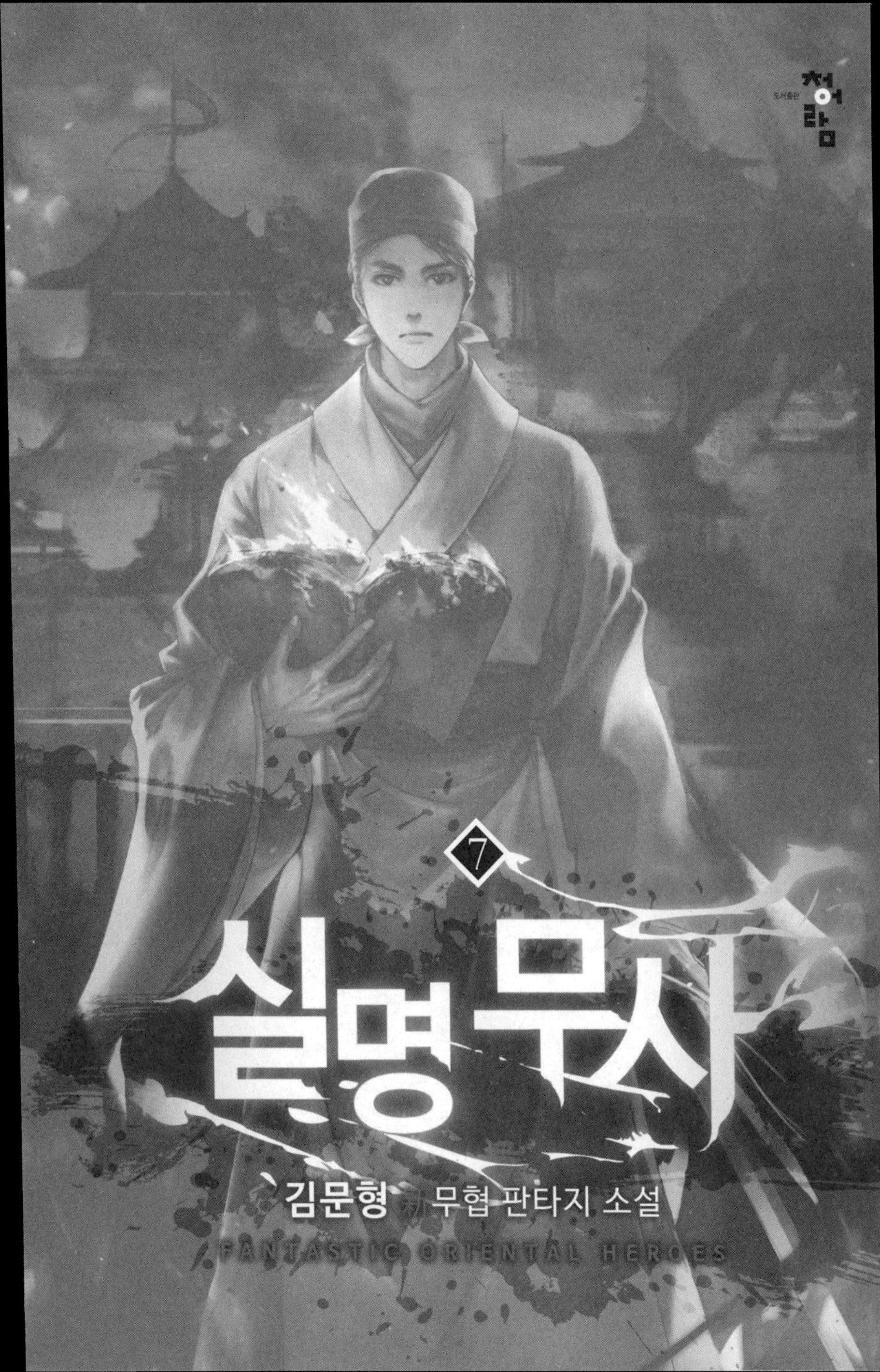
도서출판 청어람
7
실명무사
김문형 무협 판타지 소설
FANTASTIC ORIENTAL HEROES

1장.

대감염

잠행조는 금위군에 포위된 채 영왕 별장으로 향했다.

맨 앞에는 우수전과 청성이 걸어갔다.

다음으로 잠행조와 화산쌍로가 발을 옮겼다.

그 뒤로 금위군 서른여섯 명이 강궁 시위를 팽팽히 당긴 채 따라오고 있었다. 여전히 초승달 모양으로 둥글게 늘어서서 잠행조와 화산쌍로를 포위한 진영이었다.

무명은 생각했다.

'당장 화살이 날아올 리는 없다.'

하지만 영왕 별장으로 들어가는 순간, 탈출 작전은 더욱 어려워지게 될 것이다.

'만약 도주한다면 별장에 들어가기 전에 해야 된다.'

그러나 마땅한 방법이 떠오르지 않았다.

반면 창천칠조는 다른 생각을 하고 있었다.

장청이 일행에게 속삭였다.

"화산파 두 놈은 행동거지가 경솔해 보인다. 저놈들이 움직이면 그때가 기회다."

당호가 맞장구를 쳤다.

"화산파가 먼저 움직이길 기다리자는 거군요?"

"그래."

창천칠조는 눈빛을 반짝이며 고개를 끄덕였다.

하지만 무명은 장청의 생각에 부정적이었다.

'과연 그럴까?'

화산쌍로의 언행은 철부지처럼 보였지만 싸움만큼은 귀신같았다.

무명의 짐작대로였다. 화산쌍로 역시 창천칠조와 같은 생각을 하고 있었던 것이다.

화산쌍로가 슬쩍 전음을 주고받았다.

[머리에 피도 안 마른 무림맹 놈들, 아무래도 일 벌일 것 같지 않냐?]

[사형도 그렇게 생각했어? 내가 보기에도 그래.]

[좋다. 금위군이 강궁을 한차례 쏘면 바로 움직이자.]

[재장전하는 틈을 노리자는 말이지?]

[바로 그거야.]

창천칠조와 화산쌍로의 노림수는 동일했다. 저놈들이 움직이면 그때가 기회다!

초조한 한 걸음, 한 걸음이 계속됐다.

그러나 두 무리는 서로의 눈치만 볼 뿐 아무도 나서지 않았다. 가장 먼저 움직이는 자가 강궁 세례에 꿰여 고슴도치가될 게 뻔했으니까.

마치 쥐들이 누가 고양이 목에 방울을 달지 기다리기만 하는 꼴.

결국 다들 눈치만 보는 사이, 일행은 영왕 별장 근처에 도착해 버리고 말았다.

장청이 중얼거렸다.

"제길, 다 틀렸군."

무명은 속으로 한숨이 나왔지만 겉으로 위로의 말을 꺼냈다.

"서두르지 마시오. 모두 탈출할 방법을 찾읍시다."

송연화가 고개를 끄덕이며 말했다.

"그래요. 일단 무명의 말을 따르죠."

장청이 잠시 날카로운 눈으로 송연화를 쏘아봤지만 곧 말없이 고개를 돌렸다.

무명은 송연화를 보며 쓴웃음을 지었다.

실은 그가 꺼내지 않고 숨긴 말이 있었다.

'모두 탈출할 방법을 찾읍시다. 그게 가능하다면……'

영왕 별장 주위는 금위군이 곳곳에 밝혀놓은 횃불 덕분에 대낮처럼 밝았다.

그런데 무언가 이상했다.

무명은 눈을 가늘게 뜨고 주위를 살폈다.

군대가 횃불을 밝히고 경계를 서는 곳이라면 최소한 두세 명은 불 옆에 있어야 한다. 하지만 지금 횃불 옆에서 총대장을 향해 방천극을 세우며 예를 표하는 자는 아무도 없었다.

이 횃불에도, 저 횃불에도.

아니, 주위에 있는 모든 횃불에 금위군이 하나도 보이지 않았다.

무명은 의아했다.

'설마 여기서 경계를 서고 있던 금위군을 별동대로 빼서 태평루로 온 건가?'

그건 말이 안 됐다.

황태후가 누구인가? 황제의 어머니다. 황태후의 안위를 지키는 데 조금이라도 소홀하면 가장 먼저 책임을 추궁받을 자는 바로 청성이었다.

그때 멀리서 금위군 하나가 달려왔다.

"총대장님!"

금위군이 숨을 몰아쉬며 헐레벌떡 뛰어와서는 청성의 앞에 한쪽 무릎을 꿇었다.

그는 한쪽 어깨에 붉은 천을 빙 둘러 묶은 것으로 보아 여섯 명씩 한 조를 이루는 조의 수장 같았다.

청성이 차갑게 물었다.

"어찌 된 일이냐?"

"총대장님, 그게… 잠시 소동이 있었습니다."

"소동?"

"예. 병사 몇 명이 영왕께서 내린 술을 과하게 마신 것 같습니다."

"영왕께서 술을? 처음 듣는군."

청성의 목소리가 더욱 차갑게 가라앉았다.

그가 우수전을 보며 물었다.

"우 공공은 아십니까?"

"모르오."

우수전은 마치 아랫것 일은 신경 쓰지 않는다는 듯이 냉랭하게 대답했다.

그때 뒤에 있던 화산쌍로가 끼어들었다.

"영왕께서는 누구 같지 않고 마음이 하해처럼 넓으시지."

"그럼! 다들 영왕 전하를 따르면 최소 삼대가 부귀영화를 누릴 것이야."

단순 무식한 말.

무명은 화산쌍로가 겉보기와 달리 영약하다는 것을 잘 알았다.

'일부러 영왕과 태자를 비교하며 무당파 청성의 속을 긁으려는 속셈이군.'

청성 역시 호락호락하지 않았다.

그는 화산쌍로가 태자를 비난하는 것은 신경 쓰지 않고 금위군 조장에게 고개를 돌렸다.

"그래서?"

"술을 마신 자들이 폭동을 일으켰습니다."

"뭐라고?"

청성의 양미간이 살짝 일그러졌다.

"술 취한 자들을 제압하고 금줄에 포박하여 끌고 와라."

청성이 차갑게 명을 내렸다.

하지만 조장은 무언가 걸리는 게 있는 눈치였다.

"그게 폭동을 일으킨 게 한두 명이 아니라……."

그때였다.

횃불이 어른거리는 어둠 속에서 금위군 병사 하나가 나타났다.

그런데 금위군은 정상이 아니었다. 두 눈은 퀭하고 양쪽 볼은 핼쑥해서 마치 며칠을 굶은 사람 같았다. 또한 몸에 걸친 갑주는 군데군데 찢겨져 나가 꼭 넝마를 두른 것 같았다.

게다가 금위군은 전신이 피 칠갑이었다.

금위군이 터벅터벅 걸어오다가 고개를 삐딱하게 들어 청성을 봤다.

"총대장니임……?"

피거품 터지는 소리가 섞인 음성. 흰자위가 드러나게 희번덕거리는 눈매.

큰 부상을 입은 게 분명했다.

금위군이 비틀거리며 다가와서 청성 앞에 한쪽 무릎을 꿇으려 했다. 그러다가 균형을 잃고 통나무처럼 쓰러졌다.

순간 청성이 눈앞에서 사라졌다.

사람들은 두 눈을 깜빡이며 그를 찾다가 깜짝 놀라고 말았다. 청성의 신형이 마치 빙판 위를 미끄러지듯이 금위군을 향해 나아가고 있었던 것이다.

스스스스.

걸음을 옮기지도 않았는데 발에 바퀴가 달린 것처럼 이동하는 신법.

바로 무당파의 비전절기인 유운심법(流雲身法)이었다.

느릿느릿 움직이는 것 같던 청성은 금위군의 몸이 채 절반도 쓰러지기 전에 그의 앞에 당도했다. 직접 보고도 믿기지 않는 신법이었다.

청성이 금위군을 향해 손을 뻗었다.

스르르륵.

손등과 금위군의 가슴이 맞닿는 순간, 청성이 손을 빙글 뒤집었다. 그러자 손등을 짓누르던 금위군의 몸무게와 쓰러지는 기세가 청성의 손바닥으로 전달되었다.

이어서 청성이 손바닥을 앞으로 밀었다.

턱.

솜이불을 두드리는 듯이 경쾌한 소리.

청성의 손은 어린아이도 밀치지 못할 듯이 가벼웠다. 그러나 앞으로 고꾸라지던 금위군의 몸이 오뚝이가 다시 일어나는 것처럼 기우뚱하며 일자로 서는 것이 아닌가?

별장 앞의 사람들은 침을 꿀꺽 삼켰다.

타인의 힘을 자기 것처럼 이용하는 수법. 단순해 보이는 손바닥 밀치기 동작에 바로 무당파 무공의 정수가 담겨 있었다.

화산쌍로 중 일로가 흉흉한 눈빛으로 중얼거렸다.

"무당파 놈, 얕은 수작을 부리는군."

맹수는 자신보다 강한 맹수를 보면 이빨을 드러내며 짖는다. 영악한 일로도 청성의 무위를 확인하자 자기도 모르게 속마음을 드러낸 것이었다.

청성이 금위군에게 물었다.

"정신 차려라. 대체 무슨 일이냐?"

"총대장님… 목이 말라서… 물, 물을 좀……."

"빨리 물을 가져와라."

청성이 다른 금위군을 보며 명령했다.

그런데 청성이 고개를 돌리는 순간 흐리멍텅하던 금위군의 두 눈동자가 고양이의 그것처럼 세로로 길게 가늘어졌다.

"아니, 물 말고 피를 줘……."

금위군이 턱이 빠져라 입을 크게 벌렸다.

쩌억!

금위군이 개가 울부짖는 소리를 내며 청성에게 덤벼들었다.

커어엉!

방금까지 비틀거리던 금위군은 언제 그랬냐는 양 몸을 날리며 뛰어올랐다.

그가 두 손을 뻗어 청성의 머리를 잡았다. 그리고 아가리를 쩍 벌리고 청성의 목줄기를 물어뜯었다.

길게 돋아난 송곳니가 목에 박히려는 찰나.

뜻밖에도 청성은 뒤로 물러서지도, 금위군을 밀치지도 않았다.

척!

청성은 금위군이 잡아당기는 대로 한 발 앞으로 다가섰다. 청성이 힘을 거스르지 않고 다가오자 금위군의 두 손은 오히려 허공을 잡는 셈이 되었다.

금위군의 위아래 이가 허공을 깨물며 닫혔다.

따악!

이어서 청성이 금위군의 다리 사이로 왼발을 뻗어 진각을 밟았다. 동시에 왼쪽 손바닥을 허벅지 안쪽에 갖다 댔다.

순간 청성의 전신이 소용돌이를 만들며 꿈틀댔다.

그의 발, 손목, 팔, 몸통이 일제히 제자리에서 회전했다. 부르르르! 동시에 팔다리와 몸통의 옷자락이 휘말렸다.

휘리리릭!

청성의 손바닥이 금위군의 허벅지에 솜털처럼 내려앉았다.

퍼엉!

금위군이 갑자기 눈앞에서 사라졌다.

다시 보니 그는 사라진 게 아니라 공중에 떠오른 것이었다. 금위군의 몸뚱이는 무려 이 장 위의 허공에 붕 떠 있었던 것이다.

얼마나 순식간에 떠올랐는지 금위군은 잠시 공중에 머무는 것처럼 보였다.

사람을 인형처럼 공중에 패대기친 청성. 바로 무당면장(武當綿掌)의 수법이었다.

곧 금위군이 땅에 떨어졌다.

쿠웅. 그는 다시 일어나지 못했다.

청성이 조장에게 물었다.

"대체 어찌 된 일이냐? 독이 든 술을 마시고 중독이라도 된 것이냐?"

"모르겠습니다. 술을 마신 자들이 하나같이 이자처럼 막무가내로 덤볐습니다. 그리고 서로를 물어뜯었습니다."

"물어뜯었다고?"

"예."

그때 누군가가 말했다.

"네놈들이 그렇게 바라던 게 눈앞에 나타났군."

기분 나쁜 목소리로 대화에 끼어든 자는 다름 아닌 이강이었다.

그가 쓰러진 금위군을 가리켰다.

"저게 바로 망자다."

"……."

무당파의 고수이며 백전노장인 청성마저 그 말에 눈빛이 살짝 흔들렸다.

"호오, 그렇군."

이번에 끼어든 자는 우수전이었다.

"이게 바로 망자라는 것이군."

그는 태연자약한 얼굴로 쓰러진 금위군에게 다가가더니 발로 툭툭 걷어차기까지 했다. 물론 금위군은 꼼짝하지 않았다.

우수전이 이강을 보며 물었다.

"네놈은 두 눈도 없으면서 어찌 그리 잘 아느냐?"

"넌 누구지? 계집 같은 목소리로 앵앵대는 걸 보니 환관이냐?"

이강이 실실 웃으며 대꾸했다.

산공독에 중독되었다고 하나 눈치 빠른 그가 태평루에서 이미 자신을 소개한 우수전을 착각할 리 없었다.

"망자에 대해 그리 잘 아니, 마침 잘되었군. 네놈을 따로 불러서 물어봐야겠구나."

"동창이 잡아다가 고문하겠다는 거냐? 그거 고맙군. 당장 금위군 화살에 꿰일 일은 없겠구나! 크하하하!"

이강은 여태껏 웃음을 참았다는 듯 광소를 터뜨렸다.

그러다가 갑자기 정색을 하며 말했다.

"날 고문하기 전에 똑똑히 봐라."

"뭘 말이냐?"

"망자가 어떤 존재인지 말이다."

이강이 검지를 들어 우수전의 옆을 가리켰다.

우수전이 피식 웃으며 고개를 돌렸다.

"네놈이 감히 나를 우롱하려……."

항상 도도하고 냉랭한 얼굴을 하던 우수전이 입을 딱 벌렸다.

전신의 뼈가 부러지고 탈골된 금위군이 줄이 끊어진 꼭두각시처럼 휘청거리며 몸을 일으키고 있었던 것이다.

우수전, 청성, 화산쌍로, 조장 모두가 입을 벌린 채 그 광경을 멍하니 지켜봤다.

이미 황궁 밑의 지하 도시에서 사투를 벌였던 잠행조만이 냉담한 눈으로 망자를 바라볼 뿐이었다.

망자가 아가리를 활짝 벌리며 괴성을 질렀다.

키에에에엑!

청성이 허리춤의 환도를 빼 들고 허공에 원을 그렸다.

스으으응.

검을 찌른 것도 벤 것도 아닌, 마치 검무(劍舞)와 같은 동작.

청성의 환도가 금위군의 목을 베었다.

목은 붕 떠올라 날아간 뒤 땅에 떨어져 데굴데굴 굴러갔다.

청성이 이강에게 말했다.

"망자가 되살아난 시체라는 말은 과장이 아니었군."

잠깐 눈빛이 흔들렸던 그는 어느새 냉정을 되찾은 얼굴이었다.

하지만 이강이 검지를 까닥까닥 흔들며 말했다.

"한심하군. 금위군 총대장쯤 되는 놈이 여지껏 망자를 본 적도 없다니. 허구한 날 관에 아첨을 하며 황궁에 틀어박혀 있으니 강호 돌아가는 꼴을 알 리가 있나."

그 말에 조장이 일갈했다.

"무엄하다! 감히 어느 안전이라고 망발이냐!"

그러나 이강의 다음 말에 그는 할 말을 잃어버렸다.

"봐라, 이 병신아. 네놈들은 아직 망자가 뭔지 몰라."

"뭣이?"

조장이 이강의 검지를 따라 고개를 돌렸다.

쐐애애액!

금위군의 잘린 목 단면에서 수백 다발의 혈선충이 뿜어져 나왔다.

이강이 킬킬대며 말했다.

"네놈들은 망자가 어떤 건지 전혀 몰라."

그 말이 신호인 것처럼 금위군의 잘린 목 단면에서 혈선충이 뿜어져 나왔다.

촤아아악!

수백 다발의 혈선충은 깊은 바다에 사는 말미잘처럼 사방으로 촉수를 펼치며 꿈틀거렸다. 그 아연실색할 광경에 모두가 굳은 표정을 하고 침음했다.

경악할 일은 계속 이어졌다.

금위군 몸뚱이가 땅에 떨어진 자신의 목을 향해 비틀비틀 걸음을 옮기는 것이 아닌가?

터벅, 터벅, 터벅……

바늘 떨어지는 소리도 들릴 만큼 적막한 가운데 누군가 침을 꿀꺽 삼키는 소리가 귓가에 들렸다.

곧 몸뚱이는 자신의 목 앞에 도착했다. 몸뚱이가 두 손을 뻗어 목을 집어 들었다.

순간 시커먼 빛 줄기가 망자의 목을 향해 날아들었다.

파파팍!

망자의 목은 연속으로 날아온 세 발의 강궁에 꿰여서 땅에 박혀 버렸다.

강궁을 쏜 자는 청성이었다. 그는 손가락 사이에 끼운 세 발의 화살을 쉬지 않고 시위를 세 번 당겨 날린 것이었다.

잠행조와 화산쌍로는 청성의 궁술에 혀를 내둘렀다.

태평루에서 대력강궁의 위력은 이미 확인했다. 그런데 그의 궁술은 단지 느닷없이 날아드는 저격술 외에도 눈 깜짝할 사이에 세 발의 화살을 쏘는 연사력까지 갖춘 것이었다.

그러나 청성의 궁술보다 놀라운 일이 있었다.

목에 세 발의 화살에 꿰였는데도 불구하고 망자의 몸뚱이가 느릿느릿 두 손을 휘저으며 자기 목을 집어 들려고 하는 것이 아닌가?

꿈에 나올까 봐 모골이 송연한 장면.

냉철한 청성마저 잠시 망자가 된 금위군의 목과 몸뚱이를 조용히 바라볼 정도였다.

그러다가 그가 정신을 차렸는지 조장을 보며 말했다.

"정욱."

"예, 총대장님."

이름이 정욱으로 보이는 조장이 한쪽 무릎을 꿇으며 대답했다.

"병사들은 과음한 게 아니라 망자에게 감염되었다."

"감염이라고 하심은?"

"망자는 다른 사람을 감염시킨다고 들었다. 망자와 접촉해서 혈선충에 감염되면 그자 역시 망자가 된다고 하더군."

그 말에 정욱은 침음하고 있다가 고개를 끄덕였다.

황궁 금위군의 조장. 나이는 젊지만 숱한 백병전을 거치며 금위군에 올랐을 것이다. 평소의 그라면 망자 따위는 허황된 소문이라며 웃어넘겼으리라.

하지만 당장 눈앞에 목이 베이고 화살에 꿰였는데도 죽지 않고 움직이는 망자가 있으니…….

백전노장 청성과 노련한 조장 정욱도 망자를 뜬소문이라며 무시할 수 없었다.

이강이 끼어들며 툭 말을 내뱉었다.

"본 적은 없어도 망자 소문은 들었나 보군, 후후후."

청성은 이강에게 대꾸하기는커녕 고개도 돌리지 않고 무시했다.

"병사들에게 알려라. 저자처럼 사람을 공격하는 자는 망자로 여기고 죽여도 좋다."

"예."

"망자를 발견하면 목을 벤 뒤 화살을 쏘아 땅에 박아라."

"알겠습니다."

이강이 재차 끼어들었다.

"봐서 알겠지만 망자는 그런다고 죽지 않는다니까."

이번에는 청성이 시선을 돌려 이강을 봤다. 잠시 이강을 노려보던 그가 다시 조장 정욱에게 명을 내렸다.

"그래도 죽지 않고 움직이면 불로 태워라."

청성이 명을 내린 다음 이강에게 고개를 돌렸다. 마치 '이제 됐냐?'라고 말하는 것처럼.

이강은 두 팔을 활짝 벌리며 어깨를 으쓱했다.

그는 마치 이렇게 대답하는 것 같았다.

'아무리 망자라도 불에 타면 죽을 것 아니냐고? 그걸 왜 나한테 묻냐? 나도 모른단 말이다.'

청성이 한마디 명령을 덧붙였다.

"그리고 병사들에게 술을 돌린 자를 탐문해서 색출해라. 직접 심문할 테니 내게 데려와라. 실행하라."

"존명!"

조장 정욱이 몸을 돌려서 어둠 속으로 달려갔다.

계속해서 청성이 별동대에게 명령했다.

"일조."

"예!"

잠행조와 화산쌍로에게 강궁을 겨누고 있는 별동대 중에서 여섯 명이 대답했다.

"일조는 이자를 불에 태워서 흔적을 없애라."

"알겠습니다."

"그런 다음 정욱에게 가서 망자 척결을 도와라."

"존명!"

"남은 자들은 나와 함께 별장으로 간다. 실행하라."

청성은 명을 마친 뒤 몸을 돌려 영왕 별장으로 향했다. 어느새 우수전은 맨 앞에서 걷고 있었다.

잠행조와 화산쌍로는 기회를 엿보면서 청성의 뒤를 따라갔다.

일조 여섯 명이 빠졌지만 아직 서른 명의 금위군 별동대가 강궁을 겨누고 있었다. 그들은 어깨 근육이 불끈 솟아날 만큼 팽팽히 시위를 당긴 채 그들을 호송했다.

장청이 분한 듯한 목소리로 중얼거렸다.

"검 한 자루만 있으면 화살쯤이야 아무것도 아닌데."

송연화가 그 말에 반박했다.

"경거망동하지 말아요. 금위군의 화살이야 피하거나 쳐낼 수 있겠죠. 하지만 청성의 대력강궁은 달라요. 무작정 도망치려다가는 우리 중 누군가가 반드시 희생될 거예요."

"흥! 모두 개죽음할 바에야 미끼를 하나 던져주고 도망치는 편이 낫지."

장청이 콧방귀를 뀌며 말했다.

침착하게 창천칠조를 이끌던 조장 장청은 얼굴에 심한 화상을 입은 뒤 확실히 사람이 바뀌어 있었다.

송연화가 냉랭하게 물었다.

"그럼 조장이 미끼가 된다면요? 그래도 도주극을 실행할 건가요?"

"……"

장청은 말문이 막혔는지 입을 다물었다. 하지만 허공을 응시하는 그의 눈빛에는 분출할 곳을 찾지 못한 분노가 서려 있었다.

창천칠조가 후일을 도모하고 있을 때, 무명은 슬쩍 이강에게 전음을 보냈다.

[꼭 그리 말했어야 했소?]

[뭘 말이냐?]

[망자 언급을 하며 청성을 비웃은 것 말이오. 당신 목숨은 두 개요?]

[덕분에 심심하지 않았으면 된 거 아니냐?]

이강이 킬킬거리며 말했다. 그러다가 갑자기 그의 입가가 얼음처럼 냉랭해졌다.

[나는 저런 위선자 놈을 보면 배알이 꼴리거든.]

[위선자라고? 청성이?]

[그래. 놈은 무당파의 제자다. 무당파가 뭐냐? 심신을 수련해서 우화등선하려는 도사들이다. 한데 도사가 무공을 팔아 관직을 얻고 출세한다고? 그걸 무당파 도사라고 할 수 있겠냐?]

[세상 사람들은 누구나 부귀영화를 꿈꾸오. 그것까지 트집을 잡으려는 셈이오?]

[세상 사람들? 남의 뒤통수를 쳐서 재물과 권력을 얻은 주제에 그걸 자신이 잘나서 출세한 것으로 착각하는 놈들 말이냐?]

이강의 목소리가 그답지 않게 흥분해 있었다.

[청성 놈이 창천칠조를 몽땅 죽이려던 것을 잊지 마라. 자신의 이득을 위해서라면 명문정파 간의 의리조차 시궁창에 던져 버리는 놈이다.]

[······.]

무명은 반박할 말이 떠오르지 않았다.

이강의 말이 사실이었으니까.

한편, 청성의 명을 받은 금위군 별동대의 조장 정욱은 야영터로 황급히 달려가고 있었다.

곧 그는 금위군 야영터에 도착했다.

정욱은 갑을(甲乙) 삼(三)이라고 표시된 자신의 막사를 찾았다. 그런데 막사에 도착하기도 전에 아수라장이 된 야영터를 발견했다.

어른거리는 횃불 사이로 금위군들이 정신없이 이리저리 뛰어다녔다.

정욱은 두 눈이 휘둥그레진 채 중얼거렸다.

"뭐야?"

곳곳에서 금위군들의 고함 소리가 들렸다. 환도 휘두르는 소리, 강궁을 쏘는 소리가 귀청을 찔렀다.

행차에 온 금위군은 황궁 내원을 지키는 정예 중의 정예였다. 그런 그들이 막싸움을 하는 흑도 무리처럼 우왕좌왕하고 있다니?

정욱이 금위군의 신호를 외쳤다.

"금동(禁動)! 모두 동작을 멈춰라!"

그러나 그의 명령을 듣고 자리에 멈춰 서는 자는 아무도 없었다. 아니, 너무 혼란스러워서 목소리를 들은 자도 없을 것 같았다.

그때 어둠 속에서 십여 명의 금위군이 모습을 드러냈다.

그들은 서로 등을 맞대고 둥글게 진영을 짠 채 이동하고 있었다. 또한 외곽에 있는 자들은 환도를 꺼내 들었고, 네 명은 진영 가운데에 위치해서 사방을 향해 화살을 메긴 강궁을 겨누고 있었다.

금위군 무리는 정예답게 훈련된 진영을 유지했다.

하지만 평소와 다른 점이 하나 있었다. 언제 어둠 속에서 괴물이 뛰쳐나올지 몰라 두려워하는 눈빛이었다.

금위군 중 하나가 정욱을 알아차렸다.

"갑을 팔조장님 아니십니까?"

"맞다. 거기는 누구냐?"

"병정 십조, 십일조, 십이조입니다!"

그 말에 정욱은 자기도 모르게 침을 꿀꺽 삼켰다.

금위군은 한 조에 여섯 명씩 배치된다. 십조, 십일조, 십이조면 총 삼 개조, 즉 전부 열여덟 명이 있어야 한다.

그런데 눈앞의 무리는 아무리 세도 인원이 부족해 보였다.

그 얘기는 아마…….

정욱이 물었다.

"다른 자들은 어찌 된 것이냐?"

그러자 다른 금위군들이 봇물 터진 것처럼 한마디씩 말을 토했다.

"아시지 않습니까? 술에 취해 난동을 부리고 있습니다."

"그냥 난동이 아닙니다. 솔직히 미쳤다고밖에는 말 못 하겠습니다."

"아무나 붙잡고 덤벼들어서 마구잡이로 물어뜯습니다."

그때 콧수염이 길게 난 금위군 하나가 나직한 목소리로 말했다.

"혹시 중독된 게 아닐까요?"

"중독?"

금위군들은 정신이 번쩍 들었는지 서로를 쳐다봤다.

콧수염 난 금위군이 말을 이었다.

"꼭 혼백이 나간 사람 같습니다. 총대장님은 강호인이니 아실 것 아닙니까? 사람을 미치게 만드는 독이 존재하는지."

"중독된 것은 아니다."

정욱이 잠깐 주저하더니 대답했다.

"망자다."

"망자라고요?"

금위군들이 어리둥절한 눈으로 물었다.

그중에 콧수염 금위군만이 고개를 끄덕이며 말했다.

"소문은 들었습니다. 죽은 시체가 되살아나서 사람들을 공격하는데, 그걸 망자라고 부른다고 말이죠."

"맞다. 바로 그 망자다."

"그럼 어떻게 해야 망자가 된 동료들을 제정신을 차리도록 만들 수 있습니까?"

"그건… 그건 알 수 없다."

"모른다고요?"

"그래. 그보다 조심해라. 망자와 접촉할 시 감염의 위험이 있다."

"감염? 혹시 망자가 된 동료에게 물리면 감염된다는 소리입니까?"

"그렇다."

정욱의 말에 금위군이 술렁거렸다.

"맞아. 그자가 우리 조원을 물었는데 좀 있다가 조원도 이상하게 변했어."

"우리 조는 술을 마시지도 않았는데 다른 조 놈한테 물리더니 발광을 하더라고!"

"우리도 그랬어!"

그러자 콧수염 금위군이 말했다.

"중독된 것보다는 낫군."

"뭐라고? 다들 미치광이가 되어가는데 어디가 낫다는 거냐?

"망자한테 물리지만 않으면 감염될 일은 없다는 뜻이잖아? 공기를 들이마시면 중독되는 독이 퍼진 것보다는 백배 낫지."

"……"

콧수염 금위군의 말은 침착하고 논리적이었다.

정욱이 말했다.

"아직 모든 게 불분명하다. 모두 잘 들어라."

금위군들이 진영을 갖춘 채 정욱에게 시선을 집중했다.

"망자를 발견하면 반드시 일정 거리를 유지해라. 그리고 목을 벤 뒤 화살을 쏘아 목을 땅에 박아라."

금위군들이 입을 딱 벌렸다.

"동료의 목을 베라고요? 거기다 죽인 뒤에도 화살을 쏘란 말입니까?"

"이건 총대장님의 명이다."

항의하던 금위군들이 할 말을 잃고 입을 다물었다.

"망자로 변한 자들은 몽땅 목을 벤다. 그런 다음 일제히 불태운다."

"……"

금위군들이 침을 꿀꺽 삼켰다.

불과 한 시진 전만 해도 담소를 나누며 술을 마시던 동료들.

그런데 목을 베고 시신을 불태우라니? 이상해진 동료들을 살릴 방법은 영영 없는 셈이 아닌가?

망자가 대체 무엇이길래…….

금위군들이 고개를 떨어뜨린 채 침음하고 있자 정욱이 소리쳤다.

"못 들었나? 총대장님의 명이다!"

"존명."

"그럼 명을 실행해라. 나는 다른 자들에게 총대장님의 명을 알리겠다."

"알겠습니다."

금위군들의 목소리에 힘이 없었다.

스릉! 정욱이 허리춤에 찬 환도를 뽑아 들었다. 그리고 어둠 속으로 들어가 사라졌다.

횃불이 어른거리는 어둠 속의 야영터.

그곳에 망자로 변한 동료들이 있었다.

십여 명의 금위군은 서로의 얼굴을 쳐다보며 고개를 저었다. 그리고 진영을 유지하며 야영터의 입구로 발을 들였다.

그런데 금위군들이 모르는 사실이 있었다.

그들과 헤어져서 어둠 속을 달리던 정욱은 문득 목덜미가 가려워서 긁기 시작했다.

"빌어먹을. 대체 왜 이래?"

그는 신경질을 부리며 손톱을 세워서 목덜미를 박박 긁었다.

곧 살갗이 시뻘게지고 피부에 핏물이 배었다.

그런데도 정욱은 손을 멈추지 않았다.

아무리 긁고 긁어도 목덜미는 여전히 간지러웠다.

생각할수록 이상했다. 야영터 소동 중에 망자가 할퀴고 침을 뺐었던 상처가 피도 멎었는데 아직까지 가렵다니…….

일행은 드디어 영왕 별장에 도착했다.

금위군은 삼교대로 나뉘어서 별장을 지키고 있었다.

별장 밖에는 동서남북으로 면한 사방면의 담장을 각각 두 개조씩 지켰다. 담장 하나에 열두 명씩이니 총 사십팔 명이 경비를 서는 셈이었다.

또한 별장 안에도 사십팔 명의 금위군이 있었다. 별장 밖과 다른 점은 안쪽은 담장의 네 귀퉁이에서 경비를 선다는 점이었다.

별장을 가운데에 두고 팔각형 모양을 만드는 진영.

안과 밖에 사십팔 명씩, 총 구십육 명의 정예 금위군이 별장의 여덟 방위를 물 샐 틈 없이 지키고 있었다.

무명은 별장을 지키는 금위군을 바라봤다.

태평루에서 오는 도중에 본 상황은 심상치 않았다. 하지만 정작 별장은 다른 세상에 있는 것처럼 조용하기만 했다.

그게 뜻하는 것은 하나였다.

'별장은 아직 망자의 습격을 받지 않았군.'

그러나 천라지망 같은 경비가 언제 부서질지 알 수 없었다.

일행이 남쪽으로 면한 별장의 정문에 다가갔다.

금위군들이 청성을 보고 방천극을 수직으로 높이 세워 예를 표했다.

척!

하지만 그들은 방천극의 밑동을 땅에 박거나 구령을 소리치지는 않았다. 별장 내처에 황태후와 영왕이 취침하고 있으니 정숙을 유지하기 위해서였다.

또한 별동대가 잠행조와 화산쌍로에게 강궁을 겨누고 있는 장면을 보고도 눈빛 하나 흐트러뜨리지 않았다.

기강이 삼엄한 정예 금위군다웠다.

무명이 그런 생각을 하고 있는데 이강이 전음을 보냈다.

[훈련 한번 제대로 받은 놈들이군.]

[그런 것 같소.]

[하지만 망자와 맞닥뜨리면 어떨까? 그때 저놈들이 어떤 표정을 지을지 궁금하군. 두 눈이 없는 게 이럴 땐 참 아쉽단 말야.]

이강의 말은 정곡을 찌르면서도 듣기에 기분이 나빴다. 그것 역시 이강다웠다.

방천극을 들지 않은 금위군 두 명이 청성의 앞으로 뛰어나왔다.

둘은 한쪽 무릎을 꿇은 채 고개를 조아렸다.

"총대장님."

남문을 지키는 두 개조 금위군의 조장들이었다.

"아무 일 없었느냐?"

"예. 별장은 문제없습니다."

"다만 야영터에서 소동이 있었다는 전갈은 들었습니다."

조장 둘이 차례대로 대답했다.

"어떤 전갈이었느냐?"

"갑을 삼조장이 와서 술에 취한 자들이 난동을 부리고 있다고 했습니다. 삼조장은 전갈을 전하러 총대장님께 갔습니다."

갑을 삼조장은 태평루로 달려와 망자 소동을 청성에게 전한 정욱이었다.

"삼조장에게 이미 전갈을 들었다."

"그럼 다음 하명하실 것은?"

조장의 물음에 청성이 잠깐 양미간을 구기더니 말했다.

"담장 밖을 지키는 팔 개조에게 명을 내리겠다. 암호를 대답하지 않고 별장에 접근하는 병사가 있으면 즉각 처리하라."

"알겠습니다."

조장 둘이 당연한 명령이라는 듯 대답했다.

그런데 이어지는 청성의 말에 그들조차 고개를 번쩍 들며 의아함을 감추지 못했다.

"병사를 쓰러뜨리고 포박하라는 뜻이 아니다. 강궁을 쏘아 사두하라."

"……!"

사두(射頭)는 금위군들이 쓰는 말로, 머리를 쏘라는 뜻이었다.

머리는 사람 신체에서 가장 중요한 곳이다. 사람은 팔다리가 잘려도 살아남을 수 있으나, 머리는 불과 한 치만 깊이 상처를 입어도 죽는다.

정확하게는 머리보다는 눈을 쏘아 머리를 관통한다고 해야 옳았다. 사람 머리뼈는 단단해서 화살이 뚫지 못할 때가 많다. 또한 조금만 각도가 어긋나도 화살은 머리뼈에서 튕겨 나가기 일쑤였다.

사두는 쉽게 나오는 명령이 아니었다. 대개의 경우 가슴을 쏘는 쪽이 적중할 확률과 살상력이 높기 때문이다. 하지만 금위군은 갑주를 걸치고 있어서 가슴을 쏴도 한 발에 처치할 가능성은 낮았다.

청성은 병사를 무력화시키기보다는 단번에 죽이라는 뜻으로 사두 명령을 내린 것이었다.

침착하던 금위군들의 눈빛이 살짝 흔들렸다.

그러나 곧 고개를 조아리며 외쳤다.

"존명!"

청성이 검지와 중지를 합쳐서 가로로 휙 저었다.

조장 한 명이 재빨리 일어나 오른쪽으로 달려갔다. 남쪽 말고 동서북 면의 담장을 지키고 있는 금위군들에게 청성의 명을 전하기 위해서였다.

남은 금위군 열한 명은 방천극을 창대에 걸쳐두고 등에 멘 강궁을 들었다.

청성은 결단력이 있었고 부하들은 신속했다. 황궁 위를 나는 새도 떨어뜨린다는 금위군. 명성은 허명이 아니었다.

하지만 금위군의 기강을 보고도 코웃음을 치는 자가 있었다.

동창의 우수전이었다.

우수전이 환관 특유의 낭랑한 목소리로 말했다.

"총대장, 우리는 이자들과 할 얘기가 있지 않소?"

그가 잠행조와 화산쌍로를 가리켰다.

"인원이 적지 않으니 별장의 내당으로 모시겠소. 따라오시오."

우수전이 도도하게 말한 뒤 몸을 돌렸다.

청성이 고갯짓으로 신호하자 잠행조와 화산쌍로도 우수전을 따라갈 수밖에 없었다. 별동대도 계속 강궁을 겨눈 채 뒤를 따라왔다.

무명은 창천칠조의 기색을 살폈다.

그들은 초조한 얼굴로 말이 없었다. 무명의 계책으로 막 관음보살상에서 탈출한 참에 도로 잡혀왔으니 불안한 것도 당연했다.

반면 화산쌍로는 입가에 씨익 미소를 짓고 있었다.

무명은 둘의 속마음이 훤히 보였다.

'이곳은 영왕의 별장이니, 자신들의 본거지나 다름없다고 생

각하는군.'

어쨌든 창천칠조나 화산쌍로 걱정을 할 때가 아니었다.

망자비서를 가진 자는 무명 자신이니까.

곧 굶주린 맹수들이 먹이 하나를 놓고 아귀다툼을 벌이리라.

'누구에게 망자비서를 넘긴다고 해야 탈출할 수 있을까?'

우수전? 청성? 화산쌍로?

무명은 머릿속이 복잡해졌다.

그런데 일행이 막 별장 남문을 지나쳤을 때였다.

남문을 지키는 금위군이 암호를 말하는 소리가 들렸다.

"양두구육!"

그 말에 무명과 잠행조는 물론, 청성, 우수전, 화산쌍로 모두가 뒤로 고개를 돌렸다.

한 무리의 금위군들이 어둠을 뚫고 남문을 향해 다가오고 있었던 것이다.

청성이 별동대 중 한 명에게 물었다.

"교대조인가?"

"그렇습니다."

삼교대로 운영하고 있는 금위군. 마침 별장 경비를 교대하는 시간이 된 것이었다.

하지만 안심할 수 없었다.

청성이 암호를 대지 않고 접근하는 병사를 죽이라고 명령한 게 방금 전의 일이다. 지금 접근하는 금위군들이 정말 교대조일까, 아니면 망자일까?

모두는 침을 꿀꺽 삼키며 금위군 무리를 지켜봤다.

금위군 무리 중에서 하나가 말했다.

"…표리부동."

양두구육. 표리부동.

금위군의 오늘 밤 암호.

남문으로 접근하는 금위군 무리는 제대로 된 암호를 대답했다. 망자가 아니라 야영터에서 출발한 교대조였던 것이다.

남문을 지키는 열한 명의 금위군이 참았던 한숨을 쉬며 강궁을 아래로 내렸다. 자칫 동료에게 화살을 쏴야 될 위기는 사라진 것이었다.

문 안으로 들어와 있는 일행도 긴장이 풀리자 쓴웃음을 지었다.

이강이 툭 말을 던졌다.

"양두구육에 표리부동이라. 지금 모인 명문정파와 관의 나리들에 참으로 어울리는 말이군."

그러나 단 한 명, 무언가 일이 잘못됐다는 것을 깨달은 자가 있었다.

무명이 소리쳤다.

"당장 활을 쏘시오!"

"뭐라고?"

청성이 양미간을 구기며 무명을 봤다.

"그게 무슨 소리냐?"

"저들은 교대조가 아니라 망자요!"

"네가 우리 금위군의 기강을 어지럽히려고 얕은수를 쓰려는 모양……."

그때였다.

커어어엉!

어둠 속에서 짐승이 울부짖었다.

그림자 속에서 나온 십여 명의 금위군들이 갑자기 발광하며 달려들었다.

남문을 지키는 금위군들은 어리둥절한 눈으로 동료를 쳐다봤다.

하지만 그들은 강궁의 시위를 푼 채 청성과 동료들을 번갈아 봤다. 교대조가 암호를 대답했으니, 청성이 다른 명을 내리지 않는 한 활을 쏠 수가 없었던 것이다.

차 한 모금 삼킬 찰나의 망설임이 그들의 운명을 바꾸었다.

어둠 속에서 뛰쳐나온 망자들이 금위군을 덮쳤다.

키에에엑!

"뭐야? 다들 왜 이래?"

"정신 차려! 대체 이게 무슨 짓이야?"

"총대장님! 이자들 지금 제정신이 아닙니다! 새로 명령을…
으아아악!"

망자 하나가 달려들어 금위군의 목덜미를 물어뜯었다. 살점이 크게 떨어지자 핏물이 분수처럼 터졌다.

콰직! 촤아악!

청성이 소리쳤다.

"금사! 모두 죽여라!"

금사(禁四). 금위군 명령의 네 번째 단계로, 금역에 들어온 침입자를 죽이라는 명령.

그제야 남문 금위군은 시위를 늦췄던 강궁을 다시 치켜들었다.

하지만 망자들을 쏠 겨를이 없었다.

활은 멀리서 적이 접근하기 전에 쏠 때 강한 위력을 발휘한다. 반면 적이 코앞에 들이닥치면 한 방으로 죽이지 못하는 이상 오히려 위험에 빠진다.

청성은 망자의 머리를 쏘라고 이미 사두 명령을 내렸다.

그러나 정신 나간 동료들이 덤비고 물어뜯자 당황한 남문 금위군은 평소 훈련받은 대로 행동했다. 그들은 갑주가 가리지 않은 어깨와 허벅지에 활을 쏘았다.

슈슈슛! 파파팍!

어깨와 허벅지는 중요한 혈관이 지나고 근육이 많기 때문에 가슴 다음으로 치명상을 줄 수 있는 곳이다.

하지만 망자는 설령 화살이 머리를 꿰뚫어도 죽지 않는 존재가 아닌가?

키에에엑!

망자들은 팔다리에 화살 세례를 받았으나 계속 날뛰었다.

금위군 하나가 얼이 빠진 목소리로 중얼거렸다.

"대체 이게 무슨 일……."

활로 중상을 입혀도 소용없자 금위군들이 환도를 뽑아 들었다. 남문 금위군과 십여 명의 망자들이 뒤섞여서 난투극을 벌였다.

그러나 망자들은 칼에 맞고 팔다리가 떨어져도 계속 일어나서 덤벼들었다.

"커헉!"

"으아악!"

아수라장 속에서 점점 금위군의 비명이 터져 나왔다.

남문 금위군이 모두 쓰러지고 망자들이 별장 안으로 들이닥치는 것은 이제 시간문제였다.

우수전이 말했다.

"총대장, 이대로 보고 있을 것이오?"

"……."

"저들이 별장 안으로 들어오면 태후마마와 영왕 전하께 큰 불충이오."

그의 목소리는 차갑고 도도하기 그지없었다. 남문 금위군이 죽는 것쯤은 태후와 영왕의 안위에 비하면 하찮은 일이라는 투가 말속에 담겨 있었다.

청성이 명을 내렸다.

"별동대, 강궁을 남문 밖으로 향하라."

"존명!"

잠행조와 화산쌍로를 겨냥하고 있던 서른 명의 별동대가 남문 쪽으로 몸을 돌렸다.

"쏴라."

"총대장님, 지금 명령은?"

별동대 중 한 명이 눈을 돌려 청성을 봤다.

청성이 냉랭한 얼굴로 고개를 끄덕였다.

"남문 밖의 병사들을 하나도 남김없이 처치하라. 이건 명령이다."

"……!'

별동대 서른 명의 눈빛이 잠깐 흔들렸다.

남문을 지키던 금위군은 한때 동료였던 망자들과 뒤섞여 있는 탓에 누가 산 사람이고 누가 망자인지 구분할 수 없었다. 또한 누가 망자에게 물리고 누가 아직 멀쩡한 몸인지조차 알 수 없었다.

즉, 청성의 명령은 어쩔 수 없는 고육지책이었다.

남문 금위군을 살리기에는 이미 때가 늦었다. 그들을 구하기보다는 망자가 별장 안으로 들어오는 것을 막아야 했던 것이다.

청성이 재차 명령했다.

"쏴라!"

별동대 서른 명이 어깨 끝까지 활을 당긴 다음 일제히 시위를 놓았다.

슈슈슈슉!

서른 발의 강궁이 남문을 통과하여 금위군과 망자 무리에 쏟아졌다.

파파파팍!

"아아아아아악!"

숨이 끊어지는 단말마의 비명이 터졌다. 비명을 지른 자들은 멀쩡한 남문 금위군이었으리라. 망자는 괴성을 지를지언정 비명은 지르지 않으니까.

청성이 명령했다.

"서 있는 자가 하나도 없을 때까지 쏴라."

별동대가 활을 시위에 메긴 뒤 다시 사격했다.

슈슈슉! 파파팍! 또 한 번의 비명 소리가 남문 밖에 울려 퍼졌다.

이어서 다시 한번 사격. 그리고 또 사격…….

남문 금위군 열한 명에 십여 명의 망자들을 더하면 모두 스물대여섯 명이 되는 인원.

그들이 모두 쓰러지는 데에 여섯 번의 사격이 필요했다.

총 백팔십 발의 강궁 세례가 휩쓸고 간 남문 밖은 핏빛 그림자가 어른거릴 뿐 신음 소리조차 들리지 않았다.

그때였다.

키에에엑……

어둠 속에서 망자가 하나둘 몸을 일으키기 시작했다.

직접 보면서도 도무지 믿을 수 없는 광경. 별동대는 물론 별장 안의 모든 사람이 침을 꿀꺽 삼키며 침음했다.

"이조, 문을 닫아라."

청성의 명에 별동대 중 여섯 명이 앞으로 달려 나가 좌우의 남문을 닫았다.

그때 어둠 속에서 금위군 하나가 비틀거리며 걸어왔다.

"살려줘, 제발……"

청성이 차갑게 말했다.

"닫아라."

별동대 이조 여섯 명이 청성의 명령을 수행했다.

쿠웅! 남문이 닫혔다.

남문 너머에서 외마디 비명 소리가 들리다가 곧 잠잠해졌다.

쿵!

문이 닫혔다.

"아아아악……"

남문 밖에서 단말마의 비명 소리가 들렸다.

하지만 비명 소리는 곧 잦아들고 대신에 망자들이 지르는 괴성과 쌕쌕대며 내쉬는 숨소리만이 들려왔다.

이어서 남문이 요란하게 흔들리기 시작했다.

쾅쾅쾅!

밖에서 망자들이 양손으로, 또 온몸을 던져서 남문을 두들기는 소리였다.

청성이 명령했다.

"빗장을 걸어라."

터엉! 별동대가 통나무를 반으로 쪼개 만든 커다란 빗장을 남문에 걸었다.

이제 공성병기나 충차를 쓰면 모를까 사람의 힘으로는 문을 열 수 없었다. 하지만 남문은 여전히 둔탁한 소리를 내며 흔들렸다.

쿠웅, 쿠웅, 쿠웅…….

망자들은 문이 열리지 않는데도 쉬지 않고 몸을 부딪쳤다. 아마 문이 아니라 절대 쓰러지지 않는 벽이었더라도 그들은 영원히 부딪쳐 올 것 같았다.

모두가 굳은 얼굴로 침음하고 있을 때, 이강이 킬킬대며 중얼거렸다.

"네놈들은 망자가 뭔지 아직 모른다니까? 뭐, 서생 놈은 조금 깨달은 것 같다만."

그 말에 청성이 고개를 홱 돌렸다.

그런데 그가 바라본 자는 이강이 아니라 무명이었다.

청성이 물었다.

"부총관태감, 방금 활을 쏘라고 말한 이유가 무엇인가?"

그의 말투는 나직하고 침착했다.

그러나 목소리 속에 이글이글 타오르는 분노가 어려 있었다. 남문 밖의 금위군들을 스스로 명령해서 희생시켰으니, 무명은 그의 심정이 짐작됐다.

무명이 대답했다.

"망자는 생전에 자신이 했던 일을 되풀이해서 반복한다고 알고 있습니다."

그는 이강을 슬쩍 쳐다본 뒤 말을 계속했다.

"남문에 나타난 금위군들은 오늘 밤 망자가 되었을 것입니다. 때문에 생전에 들어서 알고 있는 암호를 반사적으로 대답할지도 모른다고 생각했습니다."

"......!"

청성은 물론 주위 모든 사람이 침을 삼키며 긴장했다.

창천칠조도 무명의 말에 내심 혀를 내둘렀다.

그들은 지하도시에서 신물 나도록 망자를 체험했다. 하지만 무명이 망자가 된 금위군의 행동거지까지 추측하리라고는 꿈에도 생각하지 못했던 것이다.

"그게 전부라고?"

"물론 아닙니다."

청성이 묻자 무명이 말을 이었다.

"지금까지 본 금위군의 걸음걸이는 둘 중 하나였습니다. 절도 있게 행진하든지, 별동대처럼 발소리를 죽이며 잠행하든지. 그런데 남문에 다가오는 금위군은 발을 휘청거리며 걸어왔지 않았습니까?"

장청이 끼어들며 한마디 했다.

"금위군은 영왕이 내린 술을 마시고 취했다고 하지 않았소?"

"설마."

무명이 쓴웃음을 지으며 반박했다.

"황궁을 지키는 금위군이 자기 위치를 떠나 태후마마와 영왕 전하가 있는 곳에 와서 주사를 부린다고? 명문정파에서는 술기운이 오르면 사부 처소를 찾아가시오?"

"……."

장청은 할 말을 잃고 입을 다물었다.

그의 말실수는 어처구니가 없는 것이었다. 하지만 때가 때인지라 다들 대놓고 웃지 못하고 슬며시 쓴웃음을 지었다.

청성이 천천히 고개를 끄덕였다. 무명의 설명이 충분히 일리가 있다고 여긴 것이었다.

그가 고개를 돌려 별동대에게 명령했다.

"이조."

"예."

별동대 이조 여섯 명이 고개를 조아리며 대답했다.

"너희 중 네 명은 별장 안을 지키는 병사들에게 가서 명을 전해라."

"알겠습니다."

"첫째, 담장에 있는 모든 문의 빗장을 채워 잠근다. 둘째, 담장 위로 올라가서 별장의 여덟 방위 위치에 선 다음 횃불을 밝힌다. 셋째, 담장에 접근하는 자들은 강궁을 겨누고 정지시킨다. 넷째……."

청성은 잠깐 고민하는가 싶더니 말을 이었다.

"넷째, 정지 명령을 듣지 않는 자는 즉시 처치하라. 다섯째, 명령을 들은 자들은 한 명씩 목과 팔을 검사하라. 망자에게 물린 자국이 없을 시에만 담장 위로 올려라. 아닌 자는 처치하라. 이상이다."

"존명!"

이조 여섯 명 중 네 명이 복창한 다음 각자 네 방향으로 흩어져서 달려갔다.

청성이 계속해서 별동대 인원을 불렀다.

그런데 이번에는 직접 이름을 호명하는 것이었다.

"백운."

"예."

백운(白澐)이란 자가 앞으로 나와 한쪽 무릎을 꿇었다.

창천칠조가 두 눈을 가늘게 뜨고 그자를 살폈다. 무명은 창천칠조의 반응을 보고 백운이란 자의 신분을 짐작할 수 있었다.

'무당파의 제자로군.'

그랬다. 백운은 청성보다 한 단계 아래 항렬인 무당파의 제자였다. 백운에게 청성은 사숙(師叔)이었다.

백운은 다른 금위군과 달리 햇볕에 탄 흔적이 하나도 없었다. 또한 유독 앳돼 보이는 얼굴은 이제 막 약관의 나이가 된 것 같았다.

만약 무당파가 무림맹과 여전히 긴밀한 관계를 맺고 있다면 백운은 명문정파의 후기지수 자격으로 창천칠조에 들어왔을지도 모르는 일이었다.

하지만 지금 그는 엄연히 관에 몸을 담은 금위군이었다.

게다가 백운은 왼쪽 어깨에 푸른 천을 질끈 동여매고 있었다. 나이는 적으나 별동대에서 따로 지위가 있다는 뜻이었다. 청성이 그를 부른 이유는 단지 문파의 사질(師姪)이어서가 아니었던 것이다.

창천칠조가 복잡한 심경으로 백운을 쳐다보는 것도 당연했다.

백운의 두 눈에서 은은한 안광이 뿜어져 나왔다.

"하명하십시오."

"담장을 넘어서 야영터로 가라. 상황을 파악한 뒤 망자에게 당하지 않은 병사들을 모아서 별장으로 돌아와라."

"존명!"

백운이 포권지례를 올린 뒤 몸을 일으켰다.

그가 옆구리의 매듭을 풀어 가슴을 보호하던 갑주를 땅에 떨어뜨렸다. 이어서 무릎 갑주도 풀었다.

망자 떼가 도사리고 있는 야영터에 잠입하니 최대한 몸을 가볍게 하기 위해서였다.

준비를 마친 백운이 담장을 향해 달렸다. 그는 땅을 박차며 단숨에 담장 위로 뛰어오르더니 허공으로 몸을 날렸다.

부웅!

야영터는 망자가 창궐해서 지옥도가 펼쳐지고 있으리라.

하지만 백운의 눈빛에는 조금도 흔들림이 없었다.

백운의 경신법은 뛰어났다. 담장 위에서 몸을 날린 그는 순식간에 어둠 속으로 들어가 사라져 버렸다. 단순한 금위군 병사가 아니라 무공을 익힌 강호인이었다.

비상조치를 끝낸 청성이 이번에는 우수전을 보며 말했다.

"우 공공, 내당에서 나눌 얘기는 잠시 미뤄야겠소."

청성, 우수전, 잠행조, 화산쌍로는 내당에서 망자비서를 두고 한판의 권모술수를 벌일 예정이었다.

그러나 사정이 여의치 않았다.

금위군 총대장인 청성은 먼저 별장의 안위와 금위군의 동태를 살피는 게 시급했다.

하지만 우수전의 생각은 다른 것 같았다.

"좋소. 총대장은 사태를 처리하시오."

그리고 잠행조와 화산쌍로를 돌아보며 말을 이었다.

"이들은 내전으로 들인 뒤 내가 직접 심문하겠소."

그 말에 청성의 양미간이 심하게 일그러졌다.

우수전의 뜻은 분명했다. 당신이 망자를 막고 있는 동안 망자비서는 내가 차지하겠소. 무슨 불만이라도 있소?

물론 호락호락 넘어갈 청성이 아니었다.

"이들은 금위군이 잡은 죄인이오. 심문은 금위군이 할 것이오."

"하면? 동창이 죄인을 원한다는데 거역하겠다는 말이오?"

황제의 오른팔 격인 조직 동창.

동창을 거역하는 것은 곧 황제의 뜻에 반한다는 뜻이 된다. 우수전이 청성을 상대로 실력 행사에 들어간 셈이었다.

청성도 물러서지 않고 맞받아쳤다.

"이곳은 지금 전장이나 마찬가지요. 전장의 급박한 상황에서는 죽음이 뒤따르는 법."

청성의 목소리가 어느새 싸늘하게 식어 있었다.

전장에서는 항상 죽음이 뒤따른다. 즉, 청성은 우수전에게 자기 목숨이나 지키라고 겁박한 것이었다. 당신이 아무리 동창이라 한들 황궁 밖에서 무슨 소용이 있단 말인가?

우수전이 말뜻을 모를 리 없었다.

"훗, 재미있군."

그가 도도한 눈빛으로 청성을 쏘아봤다.

피에 굶주린 호랑이와 늑대가 시퍼런 안광을 뿜어내며 서로를 노려봤다.

그때였다.

별장 중앙 쪽에서 누군가가 일행을 향해 다가왔다.

"다들 이 밤중에 무슨 일이오?"

맹수들의 싸움에 눈치도 없이 끼어든 자는 다름 아닌 영왕이었다.

그는 아직 망자 사고가 터진 것을 전혀 모르는 듯 한가롭게 휘청휘청 걸어오고 있었다.

청성과 우수전은 눈싸움을 멈출 수밖에 없었다.

둘이 몸을 돌려 한쪽 무릎을 꿇었다.

"영왕 전하."

반면 금위군들은 무릎을 꿇지 않았다. 망자는 물론 방금까지 호송해 온 잠행조와 화산쌍로가 있으니, 그들은 고개를 조아리는 것으로 전장에서의 예를 표했다.

또한 무명은 환관 신분이니 무릎을 꿇고 부복했지만, 잠행조는 따로 예를 표하지 않았다.

화산쌍로도 강호인인 척을 하려는지 그대로 서 있었다.

그러나 인피면구 속으로 드러난 둘의 눈빛이 득의양양해진 것으로 보아 속으로 쾌재를 부르는 것 같았다. 화산파는 영왕과 줄을 잇고 있으니 당연한 일이었다.

순간 담장에서 수십 개의 횃불이 솟아올랐다.

화르르륵!

청성이 보낸 네 병사가 금위군에게 지시하여 일제히 횃불을 밝힌 것이었다.

별장은 황태후가 잠에 깰까 봐 최소한의 횃불만을 밝혀두었다. 그런데 지금 수십 개의 횃불이 외곽의 담장에서 타오르자 별장은 마치 대낮처럼 밝아졌다.

영왕이 활짝 웃으며 말했다.

"이게 뭐요? 대낮처럼 밝아졌군. 혹시 나를 위해 불놀이를 준비한 것이오?"

그는 깜짝 놀랄 만도 한데 오히려 농담을 건넸다. 사람들에게 인기 있는 자다웠다.

"전하, 불충을 용서하시옵소서."

"불충? 그게 무슨 뜻이오?"

"역적 무리가 있어서 별장 경비를 강화하는 중입니다."

"역적?"

영왕이 잠깐 멍한 얼굴을 했다.

그러다가 다시 쾌활하게 웃음을 터뜨렸다.

"황상께서 내려준 금위군이 있는데 역적 무리가 쳐들어왔다고? 참으로 멍청한 역적들이군. 호랑이 굴에 제 발로 뛰어든 격이 아니고 무엇인가? 하하하하!"

황자가 먼저 웃으니 평소라면 주위에서 다들 함께 미소를 지었을 것이다.

그러나 지금은 아무도 따라 웃지 않았다.

아첨꾼이 없어서만은 아니었다. 지금 별장으로 오고 있는 역적은 다름 아닌 황제가 내려준 금위군이 아닌가? 억지웃음을 지을 분위기가 아니었다.

영왕이 분위기를 깨닫지 못하고 말을 이었다.

"이건 하늘이 주신 기회요! 모두 역적 무리를 소탕하고 공을 세우시오! 할마마마와 나를 지켰으니, 황상께서 큰 상을 내리실 것이오!"

"……"

하지만 주위 사람들은 여전히 정색을 하고 침음했다.

그제야 영왕은 머쓱한지 웃음을 멈췄다.

"혹시 상황이 내 생각보다 위급한 것이오?"

"아닙니다, 전하."

우수전이 재빨리 끼어들며 말했다.

"초목이 벌벌 떤다는 금위군이 지키고 있는데 설마 별일이 있겠습니까?"

"내 말이 그 말이오, 하하하!"

영왕이 재차 호방하게 웃었다.

반면 청성의 눈빛은 더욱 흉흉해졌다. 우수전의 말은 모든 책임을 청성에게 떠넘기는 것이었기 때문이다. 사실 별장 경비는 금위군의 임무이니, 우수전의 말도 맞는 셈이었다.

그때였다.

삐이이익!

담장 쪽에서 한 줄기 휘파람 소리가 들렸다.

청성과 별동대 전원이 일제히 고개를 돌렸다. 휘파람 소리는 금위군의 신호였다.

"전하, 잠시 불충을 저지름을 용서하십시오."

"알았소."

영왕이 얼떨결에 고개를 끄덕였다.

순간 청성의 몸이 그 자리에서 사라졌다.

휙!

청성은 어느새 휘파람 소리가 들려온 방향으로 몸을 날린 뒤였다.

성정이 쾌활한 영왕은 여전히 별일 아니라고 생각하는지 담장 쪽으로 걸어갔다.

"하하하, 역적 놈들 구경이나 해볼까?"

별동대가 잠행조와 화산쌍로에게 다시 강궁을 겨눴다. 그리고 그들을 앞장세우며 영왕을 따라갔다. 영왕을 호위하는 동시에 잠행조와 화산쌍로가 도망치지 못하도록 감시하려는 것이었다.

청성은 이미 담장에 올라가서 금위군의 보고를 듣고 있었다.

"어디냐?"

"저쪽입니다!"

금위군이 검지를 들어 멀리 어둠을 향해 가리켰다.

그것은 기묘한 광경이었다. 마치 거센 해일이 이는 것처럼 어둠이 이쪽을 향해 일렁거리며 다가오고 있었다.

자세히 보니 어둠이 다가오는 게 아니었다.

어둠 속에서 몸을 휘청거리며 다가오는 것은 갑주를 걸친 금위군 무리였다.

무당파의 고수이며 백전노장인 청성마저 자기도 모르게 침을 꿀꺽 삼켰다.

야영터의 금위군은 이미 전멸한 것이었다.

2장.

죽음의 농성전

금위군 무리가 어둠을 뚫고 별장을 향해 걸어오고 있었다.

문제는 그들의 걸음걸이가 금위군답지 않다는 것이었다. 마치 술에 잔뜩 취한 듯이 느릿느릿 휘청거리는 발걸음.

청성은 무명이 했던 말을 떠올렸다.

'금위군의 걸음은 절도 있게 행진하든지, 발소리를 죽이며 잠행하든지 둘 중 하나입니다.'

그렇다면 어둠 속에서 다가오는 자들은 이미……

그는 침을 꿀꺽 삼켰다.

야영터의 금위군은 전멸한 것이 틀림없었다.

아니, 그냥 전멸한 게 아니었다. 죽은 뒤에 되살아나서 망자가 되어버린 것이었다.

게다가 금위군 망자들은 허리춤에 차고 있던 환도를 꺼내어 휘두르고 있었다. 그냥 물어뜯으려고 달려드는 것보다 몇 배는 더 위험했다.

그들이 강궁까지 쏘지 않는 게 그나마 천만다행이었다.

그때 두 명의 그림자가 붕 떠올라 담장 위에 착지했다.

우수전과 영왕이었다. 영왕이 역적 무리를 보고 싶다며 재촉하자 우수전이 그의 옆구리를 부둥켜안고 담장 위로 올라온 것이었다.

"전하, 실례를 용서하십시오."

"하하하, 괜찮소. 사례감 환관이 무공 또한 뛰어난 줄은 몰랐소. 무공 고수가 황상 곁을 지키니 내 마음이 든든하오."

"과찬이십니다."

청성은 영 기분이 안 좋았다.

남문 금위군이 희생되는 광경을 똑똑히 목격했던 우수전이 영왕을 끌고 담장 위에 올라온 까닭은 분명했다. 청성의 책임을 더욱 무겁게 만들어서 그의 약점을 틀어쥐려는 것이었다.

청성을 손아귀에 넣고 쥐락펴락한다면 망자비서는 자기 것이 될 테니까.

영왕이 멀리 어둠 속을 보며 말했다.

"저들이 역적인가?"

그러는 사이에도 망자 무리는 조금씩 별장에 가까워지고 있었다.

"술에 취했나? 발걸음이 왜 저렇지?"

영왕이 고개를 갸웃뚱하며 중얼거렸다.

"혹시 할마마마가 내 별장에 머문다는 소문을 듣고 찾아온 백성들이 아닌가? 저들이 역적이라면 술에 취했다는 게 말이 안 되지 않는가?"

그는 자기가 한 농담이 재미있는지 연신 웃어젖혔다.

하지만 담장 위의 누구도 웃지 못했다. 단지 우수전만이 일이 계책대로 되어가자 입가에 미소를 머금을 뿐이었다.

그때였다.

"하아앗!"

멀리 어둠 속에서 누군가가 금위군 망자들을 상대로 환도를 휘둘렀다.

왼쪽 어깨에 푸른 천을 맨 금위군.

바로 청성의 무당파 사질인 백운이었다.

서걱! 촤아악!

백운은 망자 떼에 뒤섞인 채 미친 듯이 환도를 휘둘렀다. 환도가 한 차례 공중에 번쩍일 때마다 망자들의 목이 하나둘 떨어져서 날아갔다.

망자들도 생전에 금위군이었던 기억이 남아 있는지 환도를 뽑아서 백운에게 휘둘렀다.

부웅, 부웅!

하지만 그들은 혼백이 없는 혈귀라서 동작이 굼뜨고 느렸다. 당연히 백운의 도법에는 상대조차 되지 않았다.

백운의 환도가 허공을 가를 때마다 망자들의 목이 떨어졌다.

영왕이 그 광경을 보며 중얼거렸다.

"저들은 같은 금위군이 아니오?"

어린아이가 병정놀이를 하듯이 전장을 구경하고 있던 영왕도 무언가 이상하다는 걸 눈치챈 것이었다.

"다들 금위군의 갑주를 걸치고 있는 것처럼 보이는데?"

우수전이 대꾸했다.

"설마 그럴 리가 있겠습니까? 무언가 사정이 있을 겁니다."

"그렇지? 그럴 리가 없지."

"황상을 보위하는 금위군이 서로 싸움을 벌인다면 그야말로 대죄가 따로 없겠지요."

우수전의 말은 청성의 아픈 곳을 골라 찌르는 것이었다.

백운의 도법(刀法)은 명문정파인보다 오히려 뛰어난 면모가 있었다.

명문정파인은 내공심법의 기반 위에서 무공 초식을 펼친다. 그러나 지금 백운의 도법은 내공심법 없이도 펼칠 수 있는 살인기술이었다.

또한 명문정파인이 비무를 할 때 보이는 화려한 동작이 백운에게는 전혀 없었다.

그의 도법은 깔끔하고 신속한 움직임으로만 이루어져 있었다. 초식은 다르지만, 원리는 정영의 사일검법과도 같았다.

명문정파의 무공을 익히고 금위군 훈련까지 받은 백운.

금위군 정예의 위력은 과연 대단했다.

그러나 망자들의 공세는 백운의 상상을 뛰어넘었다.

백운이 군더더기 없는 동작으로 환도를 휘두르며 망자들을 상대하고 있을 때, 갑자기 땅에서 손이 뻗어 나와 그의 발목을 붙잡았던 것이다.

타악!

백운의 발목을 낚아챈 것은 목 없이 몸통만 남은 채 땅을 뒹굴고 있던 망자였다.

목 없는 시체가 발을 붙들고 늘어진다?

꿈에 나올까 봐 모골이 송연한 장면. 하지만 이미 남문 밖의 망자를 목격했던 백운은 침착하게 대응했다.

"하아앗!"

백운이 망자가 붙든 발을 힘껏 뻗으며 땅을 밟았다.

터엉! 무당파의 진각이 터졌다.

백운의 발이 회오리처럼 돌며 땅을 강하게 밟자 망자의 손가락들이 서로 다른 방향으로 꺾어지며 떨어졌다.

이어서 백운이 환도를 거꾸로 쥐고 망자의 손목을 내려

쳤다.

서걱! 망자의 손목이 떨어졌다.

계속해서 백운은 환도를 빙글 돌려서 바로 잡으며 망자들을 상대하려 했다.

하지만 그것이 그의 실수였다.

망자들은 정면으로 상대하지 말고 뒤로 물러나면서 한 명씩 쓰러뜨려야 한다. 혈선충의 심맥을 가르지 않는 한 계속해서 덤벼드니까······.

백운이 환도를 치켜들고 망자들을 향해 기수식을 취하는 찰나, 그의 발이 마침 땅에 뒹굴던 또 다른 망자의 목 앞을 딛고 만 것이었다.

망자의 목이 턱주가리를 활짝 벌리고 백운의 복사뼈를 물어뜯었다.

콰직!

백운은 고통을 참으며 다른 발을 들어 망자의 목을 찼다. 퍽! 그러나 망자의 목은 더욱 세게 닫히면서 복사뼈에 이빨을 박아 넣었다.

마치 한 번 닫히면 절대 열리지 않는 사냥 덫처럼.

콰드드득!

"크으윽!"

백운이 참지 못하고 비명을 질렀다.

키에에엑!

잠깐 집중력이 흩어진 사이 망자들이 백운에게 달려들었다. 그리고 백운의 사지를 붙들고 늘어지기 시작했다.

백운은 순식간에 십여 명의 망자 떼에게 뒤덮이고 말았다.

그때였다.

삐이이익!

낭랑한 휘파람 소리와 함께 어둠 속에서 그림자 하나가 날아왔다.

그림자는 땅에 발을 딛기 무섭게 쌍장(雙掌)을 뻗었다.

퍼퍼퍼펑!

단 한 차례 쌍장을 뻗었는데 네 명의 망자가 그의 일장에 맞아 멀리 날아갔다.

그림자는 다름 아닌 청성이었다.

청성은 망자 떼가 청성을 덮치는 순간 담장에서 몸을 날렸다. 쏜살처럼 허공을 가르며 날아온 그는 어느새 전장에 도착해서 백운을 구한 것이었다.

계속해서 청성이 춤을 추듯이 몸을 놀리며 쌍장을 휘둘렀다. 퍼퍼펑! 그가 일장을 출수할 때마다 망자 두세 명이 쓰러지거나 날아갔다.

십여 명의 망자 떼에 뒤덮였던 백운의 모습이 밖으로 드러났다.

청성이 손을 뻗어 백운의 손목을 잡았다. 탁! 그리고 땅을 박차며 공중으로 날아올랐다.

휘익!

동시에 청성이 백운을 잡은 손을 빙글 돌리며 회전했다.

부르르르!

그의 손이 잔상을 남기며 세차게 떨렸다.

순간 백운의 팔다리를 붙잡고 있던 망자들이 두 손을 놓치며 사방으로 떨구어졌다.

키에에엑!

지금 청성이 보인 동작은 격산타우의 수법이었다.

격산타우(隔山打牛). 산을 때려 소를 친다는 뜻이다.

즉, 청성의 내력이 백운에게는 전혀 영향을 끼치지 않고 그의 몸을 따라 전달되어 망자들에게만 충격을 준 것이었다.

바로 무당파 무공의 정수였다.

백운을 잡고 뛰어오른 청성은 중간에 한 번 땅에 내려 발돋움을 했다. 그리고 단숨에 날아올라서 먼저 있던 담장 위로 넘어왔다.

구사일생으로 살아난 백운이 숨을 몰아쉬며 고개를 조아렸다.

"총대장님, 헉헉, 감사합니다……."

"신경 쓸 것 없다."

청운의 목소리는 냉랭하기만 했다.

담장 밑에서 상황을 지켜보던 무명은 청성의 심사를 알 수 있었다.

청성은 먼저 남문을 지키던 금위군을 희생시키고 문을 걸어 잠갔다. 그런데 백운의 목숨이 경각에 처하자 몸을 날려 그를 구하러 온 것이다.

백운이 금위군에서 높은 지위에 있다고 하더라도 명령 체계를 스스로 깨뜨린 것이나 다름없었다.

사질의 죽음을 차마 보고 있을 수 없었던 청성.

그가 금위군 총대장이란 신분보다는 무당파의 일원에 가깝다는 증거였다.

무명은 생각했다.

'청성은 태자와 연줄이 닿아 있지만 유사시에는 무당파의 이득을 위해 행동하겠군.'

그 사실은 이용하기에 따라 청성의 큰 약점이 될 수 있으리라.

무명의 입가가 씨익 말려 올라갔다.

그때 청성이 담장 위의 금위군에게 뜻 모를 명령을 내렸다.

"백운의 발목을 살펴라."

"예?"

명을 받은 금위군이 영문을 몰라서 청성을 쳐다봤다.

"그의 발목에 상처가 있는지 확인하라."

"존명……."

금위군이 목소리를 떨며 대답했다.

망자에게 물려서 감염된 자 또한 망자가 된다. 청성은 이미 망자 떼에게 당한 남문 금위군을 포기했었다.

즉, 그의 명령은 백운이 망자에게 물려서 감염되었는지 여부를 살피라는 말이었다.

명을 받은 금위군도, 바지를 걷는 백운도 침을 꿀꺽 삼키며 긴장했다.

금위군이 손에 든 횃불을 가까이 하고 백운의 발을 조사했다.

잠시 후 그가 환한 표정으로 고개를 들었다.

"살이 찢어진 곳이 없습니다!"

사실이었다.

백운의 발목은 망자의 이빨 자국이 깊이 나서 시커멓게 피멍이 들어 있었다. 하지만 피부가 찢기거나 살점이 떨어진 곳은 없었다. 감염되지 않았다는 뜻이었다.

백운도 그제야 한숨을 쉬며 굳은 표정을 풀었다.

청성이 금위군에게 다른 명을 내리려고 했다.

그런데 그의 얼굴이 심하게 일그러졌다.

"총대장님?"

담장 위의 금위군들이 영문을 몰라서 청성을 쳐다봤다.

청성은 넋을 잃은 사람처럼 자신의 손을 내려다보고 있었다. 그의 손이 어느새 피범벅이 되어 있었던 것이다.

쌍장을 휘둘러 망자들을 처리한 그에게 상처가 남아 있을 리 없었다.

그렇다면 피가 묻은 이유는 하나였다.

청성이 붙잡았던 백운의 오른 손목에서 피가 철철 흐르고 있었다.

망자에게 물어뜯긴 상처였다. 구사일생 끝에 살아난 백운은 기쁜 나머지 손목의 상처와 고통을 까맣게 잊고 있었던 것이다.

"총대장님……."

백운이 눈빛을 떨며 청성을 쳐다봤다.

순간 공중에 한 줄기 섬광이 번뜩였다. 번쩍! 백운의 손목이 떨어졌다.

"아아악!"

백운이 피가 뿜어져 나오는 손을 부여잡고 비명을 질렀다.

청성이 망자에게 물려서 살점이 뜯긴 백운의 손목을 주저 없이 환도로 내려친 것이었다.

그가 금위군에게 명령했다.

"지혈하고 치료해 줘라."

"예."

금위군 두 명이 중상을 입은 백운을 부축해서 담장을 내려갔다.

주위가 바늘 떨어지는 소리도 들릴 만큼 적막할 때, 누군가가 킬킬거리며 말했다.

"같은 무당파 놈 손목을 베어버리다니, 공과 사는 제법 구별할 줄 아는군."

이강이었다.

그는 남의 생각을 읽지 못하는 지금도 사람들의 대화와 비명 소리만 듣고 상황을 짐작하고 있었던 것이다.

"하지만 끝이 아닐걸? 손목을 베어서 감염을 막았다고? 혈선충이 이미 심맥을 타고 뇌로 올라갔으면 손목이 아니라 팔을 통째로 잘라도 망자가 될 텐데?"

금위군과 별동대가 흉흉한 눈빛을 하고 벌떡 일어섰다.

그들은 당장에라도 강궁의 시위를 놓을 것 같았다. 하지만 이강은 팔짱을 낀 채 태연자약하게 제자리에 서 있었다.

송연화가 한 걸음 앞으로 나서며 말했다.

"이자는 무림맹의 손님이에요. 활을 쏘면 무림맹과 척을 지는 것으로 알겠어요."

이미 창천칠조를 제거하려고 마음 먹었던 청성이니, 이강의 생사는 그에게 아무 문제가 안 되었다.

일촉즉발의 상황.

청성이 백운을 데려가던 금위군을 부르며 말했다.

"백운의 상태가 이상해지면 즉시 목을 베어라."

"존명."

"그리고 시신은 포박해 두어라."

손목을 잘랐음에도 망자로 변할 시에는 즉시 죽이라는 명령. 게다가 시신이 움직일지 몰라 밧줄로 묶으라는 것은 총대장다운 일 처리였다.

사람들은 청성의 냉정한 처사에 모골이 송연했다.

청성이 직접 부하의 손목을 자르는 것을 바로 옆에서 지켜본 영왕은 얼굴이 새파랗게 질리며 아연실색했다.

그가 멍한 눈으로 좌중을 둘러봤다.

사람들의 눈빛은 하나같이 얼음장처럼 차가웠다.

삽시간에 수많은 동료를 잃은 금위군은 물론, 잡혀 온 신세인 잠행조와 화산쌍로 역시 흉흉한 눈을 하고 있었다.

영왕은 북해의 한기가 느껴지는 분위기에 침을 꿀꺽 삼켰다.

별장은 사신이 출몰하는 전장이 된 지 오래였던 것이다.

영왕의 얼굴이 금세 새파랗게 질렸다.

그가 청성에게 물었다.

"총대장, 이게 대체 무슨 일이오? 저자는 당신 부하이지 않소?"

"감염될 우려가 있어서 어쩔 수 없었습니다."

"감염이라니?"

"지금은 설명드리기 곤란합니다. 역적 무리가 바로 밖에 있습니다."

"……."

영왕은 침을 꿀꺽 삼키고 멀리 어둠 속을 쳐다봤다.

술 취한 듯 몸을 휘청거리며 다가오는 망자들. 하지만 그는 이제 망자들을 비웃지 못했다.

영왕이 얼굴근육을 꿈틀거리면서 외쳤다.

"할마마마께서 안에 계신다! 한 놈도 들어오지 못하도록 모두 목숨을 다해 막아라!"

"명을 받들겠습니다, 전하."

청성과 금위군이 일제히 고개를 조아렸다.

평소 쾌활하고 호방한 성정으로 사람들에게 인기가 높은 영왕.

그러나 살벌한 전장을 목격하고 곁에 둘렀던 자신감을 잃어버리자 소심하고 나약한 본모습이 드러났던 것이다.

영왕이 두 팔을 휘저으며 고래고래 소리쳤다.

"다들 무엇 하느냐? 역적 놈들을 빨리 물리치지 않고?"

담장 밑에서 영왕을 지켜보고 있는 무명은 쓴웃음이 나왔다.

이강이 전음을 보냈다.

[천상 겁쟁이로군.]

[말조심하시오. 영왕은 새 태자로 책봉될지도 모르는 황자요.]

무명이 반박했지만, 그 역시 영왕을 비꼬는 기색이 역력했다.

[저런 놈이 태자로 책봉되어 황제라도 되는 날은 중원이 멸망하고도 남겠군.]

[또 대역죄인으로 몰릴 말을 하는군.]

[그래서 일부러 전음으로 말하는 것 아니냐? 후후후.]

유약한 본색을 드러낸 영왕을 보자 무명은 떠오르는 생각이 있었다.

'그렇다면 태자가 망자인가?'

지하도시를 통해 정혜귀비의 처소로 들어와 청일을 죽였던 그림자 망자.

그림자의 정체는 태자와 영왕 둘 중의 하나가 분명했다. 하지만 겁쟁이 영왕이 귀비 처소로 잠입할 배포가 있을 리 없었다.

즉, 둘 중에 망자는 태자라는 뜻이었다.

하지만 무명은 고개를 저었다.

'아니다. 속단하기는 이르다.'

만약 태자가 망자라면 왜 금위군에 망자가 창궐하도록 술책을 꾸몄다는 말인가?

황제가 노쇠하여 내원 밖으로 나오지 않는 지금, 청성과 금위군은 태자의 심복이나 마찬가지가 아닌가?

무명은 한 가지 추측을 해봤다.

'금위군을 희생하는 한이 있더라도 영왕을 제거하려는 속셈일까?'

충분히 가능성 있는 얘기였다.

그러나 태자가 아니라 영왕이 망자라면?

그렇다면 이번 황태후 행차는 태자의 오른팔인 청성과 금위군을 황궁 밖에서 제거할 수 있는 절호의 기회일 것이다.

망자 떼가 침입해서 별장이 초토화되면 어쩌냐고?

무슨 상관인가? 영왕 자신은 이미 망자인데.

오히려 금위군을 몽땅 망자로 만들어서 자기 수하로 거느릴지도 모르는 일이었다. 지하도시에서 청일이 궁녀들을 조종한 것처럼.

또한 영왕을 망자 후보에서 빼지 말아야 될 이유가 있었다.

'영왕이 연기하고 있는 것이라면?'

개방의 구자개도 무명과 창천칠조를 감쪽같이 속이지 않았는가? 게다가 무림맹에 숨어든 망자는 아직 색출조차 못 하고 있는 상황이었다.

혼백이 없는 혈귀는 한눈에 구별된다. 산 자를 보면 무작정 덤벼드니까.

그러나 망자는 혈귀만 있는 게 아니었다. 그림자 망자도, 무림맹에 숨어든 망자도 겉으로 보아서는 정체를 알 수 없었다.

마치 인피면구를 써서 표정을 알 수 없는 것처럼.

무명은 쓴웃음이 나왔다.

'영왕이 정말 연기를 하고 있는 것이라면 대극단의 주연감이겠군.'

결국 누가 망자인지는 여전히 오리무중이었다.

그때 영왕이 담장 밑에 있는 잠행조와 화산쌍로를 가리키며 물었다.

"저들은 누구인가?"

"신경 쓰지 마십시오. 한낱 강호인입니다."

"강호인? 어쨌든 모든 백성은 황상의 은혜를 받지 않는가?"

영왕이 잠행조와 화산쌍로를 보며 외쳤다.

"듣거라! 비록 금위군의 신분은 아니나 태후마마를 모시는데 힘을 보탠다면 내 너희들의 공은 잊지 않겠다!"

"……"

잠행조는 쓴웃음을 지었다.

불과 반 시진 전만 해도 금위군 총대장의 계략에 넘어가 목숨이 달아날 뻔했는데, 이제 영왕이 금위군을 도우라고 말하니 어이가 없었던 것이다.

그런데 영왕에게 포권지례를 하며 대꾸하는 자가 있었다.

"전하, 미천한 몸이지만 충심을 다해 싸우겠습니다."

"오냐! 내 마음이 한결 놓이는구나."

영왕에게 아첨의 말을 한 자는 바로 이강이었다.

다른 잠행조가 기가 막혀서 이강을 쳐다보자, 그가 어깨를 으쓱해 보였다.

"나도 출셋길 좀 걷겠다는데 뭐가 불만이냐?"

무명은 이강이 출세 운운하는 것은 말뿐이고 실은 영왕과 청성을 갖고 놀면서 즐기는 것이라고 생각했다.

무명이 쓴웃음을 지으며 전음을 보냈다.

[이런 상황에도 장난질이오?]

그런데 이강의 대답이 뜻밖이었다.

[장난? 겁쟁이 영왕 놈 비위를 맞추면 살길이 하나라도 늘어나지 않겠냐?]

[……!]

무명은 정신이 번쩍 들었다.

[창천칠조 애송이들은 짐밖에 안 된다. 여길 살아서 빠져나가려면 서생 네놈의 잔머리가 필요해.]

[잔머리? 기분이 썩 좋지는 않군.]

[그럼 모사의 책략이라고 해두지.]

[조금 나아졌소.]

[일단 금위군의 숫자부터 셈해봐라.]

[금위군의 수? 그건 왜?]

[오랜만에 곤륜파 년을 봤더니 음심이 동해서 머리가 안 돌아가냐?]

이강이 대뜸 핀잔을 줬다.

[금위군이 전부 몇 명인데 그중 얼마가 망자가 됐는지, 얼마가 멀쩡한지 알아야 도망치든 싸우든 할 게 아니냐?]

곤륜파 년은 송연화를 말하는 것이리라. 즉, 이강은 무명더러 송연화의 여색에 반해서 멍청해졌다고 일침을 찌른 것이었다.

무명은 기분이 상했지만 반박할 말이 없었다.

그가 금위군의 규모를 추측하기 시작했다.

[남문을 지키는 금위군은 두 개조, 모두 열두 명이었소.]

[그건 나도 알고 있다.]

두 눈이 없는 이강은 그때 금위군의 기척을 읽은 것 같았다.

[청성은 그중 한 명에게 담장 밖의 금위군에게 연락하라고 명을 내렸소. 긴 담장을 전부 지킬 수는 없으니 담장의 사면, 즉 동서남북 방면에 열두 명씩을 두었을 것이오.]

[전부 사십팔 명이군.]

[또한 별장에 들어오자 별동대 네 명을 시켜서 담장 안의 금위군에게 명을 내렸소. 네 명은 각각 대각선 방향으로 흩어졌소. 담장 밖과 안을 여덟 방위로 나누어서 지키고 있다는 뜻이오.]

[그럼 안에도 사십팔 명이 있었겠군.]

[맞소. 도합 구십육 명이오.]

[담장 밖의 놈들은 아무 소식이 없으니 망자가 됐을 게 뻔하군. 그럼 구십육 명 중 절반이 망자인 셈인가?]

[야영터에 있는 자들을 빼먹었소.]

[야영터가 있었군. 그럼 계산이 복잡해지는데……]

[아니, 간단하오.]

무명이 단호하게 말했다.

[금위군은 삼교대로 돌아가오. 지금 별장을 지키는 자가 구

십육 명이니, 거기에 삼을 곱하면 전부 이백팔십팔 명이 되오.
야영터의 금위군은 이백팔십팔에서 구십육을 빼면 백구십이
명이오.]

[역시 서생 놈 잔머리 하나는 기가 막히군.]

[세 살배기 어린아이도 셈할 수 있는 산수요.]

[그럼 지금 별장을 지키는 놈들은 모두 몇 명이냐?]

[담장 안의 사십팔 명에다 별동대를 더하면 되오.]

[가만 있자, 별동대가 서른여섯 명이었나? 사십팔 더하기 서
른여섯은 여든넷?]

[셈은 맞았소. 하지만 거기서 여섯을 빼야 하오.]

[뭐라고? 왜?]

[청성이 별동대 일조 여섯 명에게 망자를 불태우고 정욱이
란 자를 도우라고 명한 것을 잊었소? 별장까지 온 별동대는
서른 명이오.]

[끄응, 그렇군.]

무명이 모든 계산을 정리해서 말했다.

[황태후 행차에 동원된 금위군은 총 삼백이십사 명이오. 그
중에서 별장 밖에 있는 금위군은 야영터의 백구십이 명, 담장
밖을 지키던 사십팔 명, 별동대 여섯 명을 더하면 모두 이백
사십육 명이오.]

[이백사십육 명? 그런데 별장을 지키는 놈들은 고작 일흔여
덟 명밖에 안 되는군.]

[셈은 맞소. 단지 한 가지 빼먹었소.]

[또 뭐냐?]

[손목이 잘린 백운이 당장 싸울 수 있겠소? 즉, 망자와 싸울 금위군은 일흔일곱 명이오.]

[…그놈을 깜빡했군.]

계산은 끝났다.

무명과 이강은 잠시 침음한 채 생각에 잠겼다.

담장 밖의 망자는 이백사십육. 반면 별장을 지키는 자들은 일흔일곱.

일당삼(一當三), 즉 금위군 하나가 망자 셋을 상대해야 되는 상황이었다.

[청성 놈이 금위군 훈련을 제대로 시킨 것 같으니 망자 셋쯤 상대하는 것은 쉽겠지. 하지만.]

[망자는 죽지 않고 계속 덤벼드는 게 문제요.]

[그래. 창천칠조 애송이들한테 검이라도 쥐어준다면 모를까, 금위군 병장기로 망자를 단숨에 죽이는 건 어려워.]

이강이 잠시 말을 멈췄다가 이었다.

[정영은 왜 함께 안 온 거냐?]

[정영과 진문은 화산쌍로와 싸우다 내상을 입어서 치유 중이오.]

[화산쌍로가 이전에도 딴지를 걸었던 게로군.]

[그렇소.]

[혈귀들 상대하는 데는 그년의 사일검법이 제일인데.]

이강의 말이 의외였다.

항상 오만하기 짝이 없던 그가 망자 떼에게 포위되자 정영의 부재를 아쉬워하고 있었다. 정영의 검법이 그만큼 인상적이었다는 뜻이리라.

무명은 생각을 거듭했다.

'담장 밖으로 일부러 나가지 않는 이상 별장 안은 충분히 안전하다.'

문제는 잠행조의 탈출이었다.

날이 밝으면 망자들의 움직임은 눈에 띄게 둔해질 것이다. 정영처럼 일검일살을 펼칠 수는 없겠지만, 잘 훈련된 금위군은 시간이 지날수록 혈귀들을 하나씩 쓰러뜨릴 것이다.

청성이 망자 떼를 소탕하고 별장을 지켜낸다면? 망자비서를 놓고 다시 맹수들이 아귀다툼을 벌이리라.

시간이 얼마 남지 않았다.

'해가 뜨기 전에 탈출해야 한다.'

하지만 좀처럼 좋은 계책이 떠오르지 않았다.

그때였다.

"망자들이 몰려옵니다!"

남문의 서쪽 모서리 담장에서 금위군의 보고가 들렸다.

이제 금위군들도 망자라는 말을 썼다. 망자에게 물리면 감염되어 망자가 된다는 공포가 모든 사람의 머릿속에 자리 잡기 시작했던 것이다.

청성이 바람처럼 담장을 달려서 서쪽 모서리로 갔다.

"별동대 이삼사조 올라오라."

"예."

잠행조와 화산쌍로를 지키던 별동대 중 삼 개조 열여덟 명이 담장 위로 뛰어올랐다.

"사격 준비."

척! 담장 모서리를 지키던 금위군 여섯과 별동대 열여덟, 도합 스물네 명이 강궁 시위에 화살을 메긴 뒤 어둠을 향해 조준했다.

"쏴라."

슈슈슈슝! 스물네 발의 화살이 망자들에게 날아갔다.

키에에엑! 별장 가까이 다가오던 망자들이 순식간에 고슴도치 꼴이 나며 땅에 나뒹굴었다.

"연사하라."

청성의 명령에 금위군들이 계속해서 다섯 발씩의 강궁을 발사했다.

후두두둑!

하늘에서 망자 떼를 향해 검은 비가 내렸다. 스물네 명이 여섯 발씩, 총 백사십사 발을 강궁을 망자 떼에게 퍼부은 것이었다.

꾸물거리며 다가오던 망자 떼가 일순 자취를 감춘 듯이 보였다.

"상황을 보고하라."

"앞 열의 망자들은 쓰러졌습니다. 하지만 뒤 열은 계속 몰려오고 있습니다."

금위군 하나가 보고했다.

그러나 그는 금세 침을 꿀꺽 삼키면서 보고를 수정하는 것이었다.

"아, 아닙니다. 쓰러진 망자들이 다시 몸을 일으키고 있습니다."

"으음."

청성은 상황이 만만치 않음을 깨달았다.

일직선으로 다가오는 망자들에게 강궁은 큰 위력을 발휘했다.

하지만 아무리 활을 쏘아도 망자를 완전히 쓰러뜨리는 것은 불가능했다. 망자들은 전신에 최소 대여섯 개의 화살이 박혔는데도 불구하고 계속해서 몸을 일으켰다.

청성이 명령했다.

"화전(火箭)을 쏘아라."

금위군 하나가 기름 먹인 솜이 묶인 화살을 횃불에 대어 불을 붙인 뒤 발사했다.

피이이잉!

불화살이 칠흑 같은 밤하늘에 길게 반원을 그리며 시야를 밝혔다.

순간 담장 위의 금위군들은 경악하고 말았다.

금위군이 목소리를 떨며 보고했다.

"뒤 열에 있는 망자들은 야영터에 있던 자들이 아닌 것 같습니다……."

그랬다. 뒤에서 몰려오는 망자들은 갑주를 걸치고 있지 않았던 것이다.

담장 밑에서 그 말을 들은 무명과 이강이 서로에게 고개를 돌렸다.

[망자가 금위군이 전부가 아니라고?]

[그런 것 같소.]

이강이 참지 못하고 전음으로 실소했다.

[이백사십육 대 일흔일곱? 괜히 계산했군. 망자가 금위군밖에 없을 줄 알았던 우리 둘은 물론 청성 놈까지 몽땅 하룻강아지에 불과했구나, 크크크크!]

피이이잉!

불화살이 허공을 가로지르며 밤하늘을 밝혔다.

순간 금위군들은 침을 꿀꺽 삼키며 할 말을 잃었다. 별장으로 다가오는 망자들은 야영터에 있던 금위군이 전부가 아니었던 것이다.

야영터의 금위군 망자는 공통점이 있었다.

바로 한 손에는 환도를 들고 전신에 황금빛 갑주를 걸치고 있다는 점이었다.

그런데 멀리 뒤에서 다가오는 망자들은 몰골과 복장이 통일되어 있지 않았다. 금위군이 아니라 다른 곳에서 몰려든 망자라는 뜻이었다.

망자들의 모습은 제각기 다양했다.

일반 평민인 듯 보이는 자가 있는가 하면, 청의를 걸치고 두건을 써서 생전에 강호인이었던 듯 보이는 자도 있었다.

또한 망자가 된 지 얼마 안 되었는지 산 사람과 구별하기 힘든 자가 있는가 하면, 살점이 썩고 문드러져서 뼈가 드러난 자도 있었다.

하지만 그들 모두의 공통점이 있었다.

두 눈만큼은 피에 굶주린 짐승처럼 담장 위에 있는 산 자들을 노려보고 있다는 것이었다.

물론 두 눈이 제대로 박혀 있는 망자에 한해서지만.

야영터의 금위군이 모두 망자가 되었다면 그 수는 이백사십육 명이리라.

그러나 이제 숫자는 의미가 없어졌다. 수백, 아니, 수천을 넘는 산송장들이 별장을 향해 한 걸음씩 다가오고 있었다.

터벅, 터벅, 터벅……

마치 해일이 밀려오듯이 어둠 속은 검은 그림자들의 행렬로 넘실거렸다.

금위군들은 전신의 솜털이 쭈뼛쭈뼛 서는 것을 느꼈다.

이강이 무명에게 전음을 보냈다.

[금위군 놈들, 잔뜩 얼어붙어 버렸나 보군.]

[두 눈도 없으면서 어찌 그리 잘 알지?]

[두 눈이 없어지니까 오히려 기척이나 낌새가 잘 읽히더라고, 후후후.]

이강은 자신의 끔찍한 과거를 웃으면서 말했다.

[시간 없다. 도망칠 계책이나 빨리 궁리해라.]

[금위군이 조금은 시간을 벌 수 있지 않겠소?]

[놈들이 활로 망자를 쓰러뜨린다고? 설마! 운이 좋아서 화살이 입을 통과해 혈선충 심맥을 꿰뚫는다면 모를까, 지금 금위군으로는 망자를 못 막는다.]

그때였다.

청성이 마치 이강의 전음을 듣고 반박이라도 하려는 것처럼 새 명령을 내렸다.

"모두 망자에게 화전을 쏘아라."

담장 위의 금위군과 별동대 스물네 명이 활 통에서 기름 솜이 묶인 화살을 꺼냈다.

그들은 화살 끝을 횃불에 대고 불을 붙였다. 화살이 모두 불타오르자 스물네 명이 일제히 시위에 메긴 뒤 발사했다.

슈슈슈슝!

먼저 금위군 한 명이 쏜 화전이 밤하늘을 밝혀서 적의 동태를 보기 위한 정찰용이었다면, 지금 화전은 적을 모조리 불태

우기 위한 살책(殺策)이었다.

후두두둑!

앞 열의 망자 떼에게 불세례가 쏟아졌다.

화르륵! 화살 끝에 묶인 기름 솜이 풀어지면서 망자의 전신에 불길이 옮겨붙었다. 키에에엑! 망자들이 비명을 지르며 땅바닥에 나뒹굴었다.

어둠 속은 삽시간에 불바다가 되었다.

공격이 성공하자 금위군들이 안도하며 한숨을 내쉬었다.

"휴우우……."

그러나 불화살 공격이 통했다고 생각한 것은 착각이었다.

땅바닥을 뒹구는 바람에 불길이 잦아든 망자들이 다시 몸을 일으켰던 것이다.

어떤 망자는 채 불이 꺼지지 않은 몸으로 걸어왔다. 팔다리에 불덩이를 붙이고 다가오는 망자들. 지옥에서 걸어 나온 악귀가 따로 없었다.

기강이 삼엄한 금위군조차 넋을 잃고 망자들을 쳐다봤다.

이강이 무명에게 물었다.

[불화살을 쐈더니 어떻게 됐냐?]

[금위군 얼굴을 보아하니 망자들은 끄떡없는 것 같소.]

[아주 잿더미가 되기 전에는 계속 움직인다는 뜻이군.]

어느새 이강의 목소리에 웃음기가 사라져 있었다.

사태가 심상치 않다고 여긴 자는 그뿐만이 아니었다.

"불화살도 통하지 않는군."

우수전이 싸늘한 목소리로 조롱하며 말했다.

"총대장, 이제 어찌할 셈이오? 망자들에게 별장이 포위될 때까지 기다리다가 배수의 진이라도 칠 작정이오?"

그의 말투는 눈앞의 일이 자기 알 바 아니라는 양 도도했다.

청성도 차가운 음성으로 맞받아쳤다.

"그 정도 병법은 본인도 알고 있소."

"알고 있는 자가 그리하시오? 태후마마의 안위에 총대장은 물론 금위군의 목숨이 걸렸소. 아니, 태후마마를 위험에 빠뜨린 것부터가 대죄요."

"걱정 마시오. 태후마마는 환관이 아니라 금위군이 지킬 터이니."

둘의 대화가 점점 거칠어졌다.

그런데 둘이 미처 깨닫지 못한 게 있었다.

"할마마마가 위험해지면 모두 대죄를 면치 못할 것이다!"

영왕이 새파랗게 질린 얼굴로 소리쳤다.

우수전과 청성은 아차 싶었다. 서로 신경전을 벌이느라 옆에 영왕이 있다는 사실을 깜빡했던 것이다.

영왕은 공포에 질려서 제정신이 아니었다.

"뭐 하느냐? 모두 활을 쏴라! 활을 쏴서 역적 무리를 빨리 물리쳐라!"

그가 두 팔을 휘저으며 금위군을 재촉했다.

금위군이 어쩔 줄 모르고 청성을 쳐다봤다.

청성이 명령했다.

"망자가 접근하지 못하게 계속 쏴라."

"존명!"

금위군이 시위를 메기고 활을 연사하기 시작했다.

슈슈슈슝! 후두두둑!

화살이 빗발처럼 날아들어서 몸에 꽂히자 망자들이 접근하는 속도가 눈에 띄게 느려졌다.

꾸웨에엑!

하지만 여전히 멈추지 않고 별장을 향해 꾸역꾸역 몰려왔다. 속도를 늦출 수 있을지언정 망자들의 발을 묶는 것은 불가능했다.

망자들의 걸음이 멈추질 않자 영왕이 발작을 일으켰다.

"역적이 다시 일어서지 않느냐? 그냥 쏘지 말고 죽이라니까!"

그는 발을 동동 구르며 안절부절못했다. 자칫하다가는 금위군의 강궁마저 빼앗아 자신이 쏠 기세였다.

청성과 우수전은 쓴웃음을 지을 뿐 입을 다물고 있었다.

의심 많고 신경질적인 황제가 지금의 태자를 마음에 들어 하지 않는다는 소문이 퍼진 지 오래였다. 만약 태자가 폐위되고 새로 책봉된다면 영왕이 그 자리에 앉는 건 시간문제였다.

다음 황제가 될지도 모르는 영왕.

때문에 당금 황궁의 실세나 다름없는 동창의 환관과 금위군 총대장도 영왕에게 찍소리 한마디 할 수 없었던 것이다.

무명은 그 기회를 놓치지 않았다.

"영왕 전하!"

그가 영왕을 향해 포권지례를 하며 외쳤다.

"누구냐? 부총관태감 아닌가?"

"그렇사옵니다. 소신에게 태후마마와 전하의 안위를 지킬 묘책이 있습니다."

"무어라? 그게 대체 뭐냐?"

영왕의 얼굴이 대번에 밝아졌다.

그가 우수전에게 눈짓하자, 우수전이 영왕을 안고 담장 밑으로 뛰어내렸다. 청성도 금위군에게 계속 화살을 쏘라는 명을 내리고 밑으로 내려왔다.

영왕, 청성, 우수전, 화산쌍로, 그리고 잠행조까지.

모두의 눈길이 무명에게 집중됐다.

"제게 태후마마와 전하를 안전하게 대피시킬 묘책이 있습니다."

"그러니까 그게 무어냐고?"

무명은 한 차례 사람들을 둘러보며 뜸을 들이다가 입을 열었다.

"제게 네 가지를 내려주십시오."

"네 가지?"

"예."

무명이 이강과 창천칠조를 가리켰다.

"첫째, 작전을 수행하기 위한 인원이 필요합니다. 이자들은 제가 평소 거느리는 강호인입니다. 이들에게 저를 돕도록 해 주십시오."

"오냐, 그렇게 하지."

영왕은 주저 없이 고개를 끄덕였다. 만백성이 황자의 명을 받드는 것은 당연하다는 투였다.

"둘째, 거마차가 필요합니다."

"거마차를? 그럼 할마마마는 무엇을 타시라고?"

"역적 무리의 동태가 심상치 않습니다. 태후마마는 환관을 시켜서 업게 하십시오."

"……"

"대신 제가 거마차를 타고 역적들을 따돌리겠습니다."

"어떻게 말이냐?"

"저와 강호인이 거마차를 타고 나가면 역적들이 쫓아올 것입니다. 그때 태후마마를 모시고 북쪽 문으로 나가 피신하십시오."

"그럼 너희들이 역적에게 포위될 텐데?"

"태후마마와 전하를 구할 수 있다면 오히려 광영이옵니다."

무명이 고개를 깊이 조아렸다.

영왕은 무명의 말이 믿기지 않는지 잠깐 멍하니 있다가 입을 열었다.

"그럼 세 번째는?"

"셋째, 거마차에 폭뢰를 설치하도록 총대장에게 명을 내리소서."

"폭뢰?"

"예. 사정이 여의치 않을 경우 폭뢰를 터뜨리겠습니다."

"……!"

주위 사람들 모두가 깜짝 놀라며 무명을 쳐다봤다.

거마차를 타고 나가서 스스로 미끼가 되어 망자 떼를 불러들인다. 만약 망자 떼에게 포위되면 폭뢰를 터뜨려서 일망타진한다.

즉, 무명의 말은 자폭을 해서라도 임무를 마치겠다는 뜻이었다.

영왕이 크게 기뻐하며 소리쳤다.

"오오, 만고의 충신이로다!"

청성과 우수전은 흉흉한 눈빛으로 무명을 노려봤으나 함부로 말을 꺼낼 수 없었다. 목숨을 걸고 작전을 수행하겠다는 자를 의심했다가 영왕이 화를 낸다면 본전도 못 건지는 셈이 아닌가.

선수필승. 무명의 도박수가 제대로 먹혔다.

하지만 우수전도 당하고 있지만은 않았다.

"장 공공의 충심은 과연 듣던 대로 대단하군."

그가 영왕을 보며 말을 이었다.

"하지만 전하, 역적 무리는 수백 수천을 넘어 보입니다. 역적 무리가 장 공공을 뒤쫓지 않고 계속 별장으로 온다면 방법이 없지 않겠습니까?"

"그, 그런가? 그럼 어떻게 해야 좋겠느냐?"

영왕이 당황한 기색으로 물었다.

우수전이 무명을 보며 피식 웃었다. 영왕의 심중에 의심의 불씨를 심는 데 성공한 것이었다.

그러나 무명은 우수전을 쳐다보지도 않고 무시했다.

"전하, 아직 네 번째 부탁이 남았습니다."

"참, 네 가지가 필요하다고 했지? 무엇이냐?"

"역적을 불러들이기 위해 한 가지 물건이 반드시 필요합니다."

무명은 말을 잇기 전에 슬쩍 청성을 돌아봤다.

청성은 관음보살상을 폭파해서 무명과 잠행조를 제거하려고 술책을 꾸몄다. 양머리를 보이면서 개고기를 주었던 청성. 이제 그에게 보답할 차례였다.

"금위군의 손을 주십시오."

"손?"

"총대장이 자른 부하의 손목 말입니다."

"그걸 왜?"

"밖의 역적 무리는 사람의 피에 굶주린 광인들입니다. 거마차의 전각 꼭대기에 금위군의 잘린 손목을 매달아놓으면 역적들이 피 냄새를 맡고 따라올 것입니다."

"……."

주위 모든 사람이 입을 딱 벌리며 경악했다.

사람의 잘린 손목을 매달아 망자를 유인한다.

통할지 아닐지를 떠나서 인륜에 크게 반하는 말을 무명은 담담한 목소리로 입에 담은 것이었다.

아직 망자가 어떤 존재인지 모르는 영왕이 영문을 모르겠다는 듯 주위를 둘러봤다. 하지만 무명의 계책에 놀란 나머지 아무도 입을 열지 못하고 멍하니 있었다.

단지 청성만이 삽시간에 시뻘겋게 충혈된 두 눈으로 무명을 무섭게 노려봤다.

하지만 무명은 우수전처럼 청성도 무시했다.

'뭐가 그렇게 억울하시지? 당신도 나를 죽이려고 하지 않았소?'

받은 대로 돌려준다.

힘이 세면 상대를 찍어 누른다. 힘이 약하면 상대를 속여 넘긴다.

강호의 법칙, 비정(非情).

별장 안은 바늘 떨어지는 소리도 들릴 만큼 조용했다. 적막한 가운데 담장 위의 금위군이 활을 쏘는 소리가 사람들의 마음을 이상하리만큼 두렵게 만들었다.

영왕이 초조함을 참지 못하고 입을 열었다.

"그것으로 정말 역적을 따돌릴 수 있단 말이냐?"

"감히 어느 안전이라고 거짓을 고하겠습니까."

무명이 깊이 허리를 조아리며 대답했다.

"소신 장량, 충심으로 태후마마와 전하를 위해 한목숨 바치겠습니다."

왕직에게 배운 달콤한 아첨이 영왕을 정신 못 차리게 만들었다.

"그래, 어차피 이미 잘린 손. 화타나 편작이 있으면 모를까, 다시 붙이지도 못하잖아?"

영왕이 인륜에 어긋나는 말을 중얼거렸다.

청성이 흉흉한 눈으로 영왕을 응시했다.

하지만 사질의 손을 내어줄 수 없다는 말은 꺼내지 못했다. 지금 영왕은 자기 목숨이 중요할 뿐, 어떤 얘기를 해도 듣지 않을 게 뻔했다.

영왕이 고개를 번쩍 들며 외쳤다.

"총대장! 부총관태감이 말한 것들을 빨리 준비해 주게!"

"…명을 받들겠습니다."

청성이 노기 어린 목소리로 대답했지만, 역적을 물리칠 수 있다는 말에 정신이 팔린 영왕은 깨닫지 못하고 넘어갔다.

그때 담장 위에서 금위군이 말했다.

"총대장님!"

"무엇이냐?"

"계속 활을 쏩니까? 이대로 연사하면 화살이 곧⋯ 동이 납니다."

"⋯⋯."

청성은 바로 대답하지 못하고 침음했다.

금위군의 병장기와 보급품은 야영터에 있었는데, 야영터가 망자 판이 되어버린 지금 금위군의 화살통이 어느새 바닥을 보이기 시작했던 것이다.

3장.

망자 떼를 돌파하라

　망자들은 멈추지 않고 꾸역꾸역 몰려왔다.

　선두에 선 망자들은 이미 몸에 몇 발 이상의 화살이 꽂혀 있었다. 하지만 화살이 몸에 박히든 말든 계속해서 일어섰다.

　금위군의 화살통이 바닥을 보이기 시작한 것도 무리가 아니었다.

　이강이 비웃으며 말했다.

　[금위군 놈들이 화살이 부족하대냐?]

　[그런 것 같소.]

　[청성 놈, 별장에 십만 발의 화살이라도 있다면 모를까 자충수에 걸렸군, 후후후.]

이강이 말한 십만 발의 화살은 삼국연의(三國演義)에 나오는 내용이었다.

오나라의 주유는 촉나라의 명승상 제갈량을 견제하기 위해 불가능한 임무를 맡긴다. 바로 열흘 안에 십만 발의 화살을 준비해 달라는 것이었다.

이에 제갈량은 사흘이면 된다고 호언장담한다.

그런데 그는 약속한 날까지 아무 일도 벌이지 않고 유유자적했다.

당일 새벽, 강에 안개가 자욱하게 끼자 제갈량은 짚 더미를 잔뜩 실은 배를 조조군 군영으로 보냈다. 조조는 제갈량의 심계를 두려워해서 근접전을 벌이지 않고 활만 쏘라고 명령했다.

안개 낀 수면 위로 화살 비가 내렸다.

배가 돌아오자 짚 더미에 꽂힌 화살이 십만 발을 훨씬 넘었다. 제갈량이 조조의 심리를 역이용하여 공짜 화살을 얻었다는 고사(古事)였다.

[천하의 명검이 아닌 이상 도검(刀劍)은 많이 쓰면 이가 빠지고 날이 무뎌지게 마련이지. 하물며 화살은 한번 쏘면 아예 없어지는 셈 아니냐?]

[맞는 말이오.]

무명은 이강의 말에 십분 공감했다.

금위군의 강궁 연사 위력은 실로 대단했다. 계속 불화살을 연사한다면 끝없이 일어서는 망자 떼라 할지라도 언젠가 몽땅 불타 버릴 것은 자명했다.

하지만 화살은 소모품이었다. 쓰면 쓸수록 줄어드는 것이다.

망자 떼가 먼저 쓰러질 것인가? 아니면 화살이 먼저 동날 것인가?

지금 전자에 돈을 걸 사람은 아무도 없으리라.

게다가 금위군의 병장기와 보급품은 모두 망자가 들끓는 야영터에 있는 상황이니… 기강이 삼엄한 금위군도 줄어드는 화살을 보고 당황한 기색을 숨길 수 없었던 것이었다.

무명이 청성에게 말했다.

"총대장님, 거마차 준비를 서둘러 주시죠."

"……."

청성이 무명을 한번 노려본 뒤 명령을 내렸다.

"연사하지 말고 화전으로 한 명씩 조준사격 하라."

"예."

이어서 별동대를 돌아보며 말했다.

"오조 조장, 거마차를 준비하라. 그리고……."

그는 사질의 손을 가져오라고 하는 게 치욕스러운지 목소리를 낮추고 지시했다.

"존명."

청성의 명을 들은 조장이 거마차가 있는 별장 중앙으로 달려갔다.

우수전이 무명을 냉랭하게 응시하며 말했다.

"장 공공, 부디 살아남길 바라겠소."

그의 말속에 가시가 숨어 있었다. 반드시 살아남아라. 그래야 망자비서를 빼앗아 갈 테니까.

무명은 태연자약하게 답례했다.

"감사합니다, 우 공공."

우수전은 몸을 획 돌려서 내당으로 향했다. 곧 거마차도 없이 황태후를 피신시켜야 되니, 환관과 궁녀들에게 준비를 시키기 위해서였다.

별장 내부 상황이 묘하게 돌아가기 시작했다.

망자비서를 두고 벌어지려던 아귀다툼.

그러나 망자 떼가 습격하자 망자비서 쟁투는 뒤로 미뤄지고 별장을 탈출하는 작전이 우선순위로 올라온 것이었다.

물론 상황을 반전시킨 것은 무명의 임기응변이었다.

이강이 어이없다는 듯 말했다.

[서생 놈, 탈출할 계책을 궁리하랬더니 이거야 원.]

[왜? 마음에 안 드시오?]

[청성 놈 사질의 손목으로 망자들을 유인하겠다고? 대체 그런 생각은 어디서 나왔냐?]

[당신한테 배웠소.]

[뭐라고?]

[황금각에서 고문사 난쟁이를 찾던 일을 기억하시오?]

[물론 기억하지. 그런데 그때랑 지금이랑 무슨 상관이냐?]

[그때 당신은 청룡도를 물렁한 구리처럼 구부려서 사람들을 겁박했소. 무공을 모르는 자들한테는 그런 묘기가 잘 통한다고 했지.]

무명이 별일 아니라는 듯 담담하게 말을 이었다.

[탈출 작전을 대충 둘러댔으면 청성과 우수전은 절대 우리를 놓아주지 않았을 것이오. 하지만 사람 손목을 미끼로 삼겠다고 했으니, 그들도 사태의 심각성을 깨닫고 탈출부터 하자고 생각한 게 아니겠소?]

[네놈, 진짜 음흉하기 짝이 없구나.]

[강호사대악인한테 들을 소리는 아닌 것 같은데?]

[아니. 네놈은 나를 넘어서 강호제일악인으로 불리기에 손색이 없다.]

[사양하겠소.]

둘의 대화는 그것으로 끝났다.

잠시 후.

구르르르……

별장 안쪽에 있던 거마차가 남문 앞의 마당에 도착했다.

거마차는 십여 필의 말이 끌고 있었다. 노쇠한 황태후를 위해 말과 거마차를 내당 앞에 들여놓은 게 무명에게는 천만다행이었다. 거마차가 야영터에 있었다면 작전은 시도조차 못했을 테니까.

내당 쪽에서 환관과 궁녀들이 바쁘게 오가는 모습이 보였다.

그들은 연신 힐끔거리며 남문 쪽을 훔쳐봤다. 함부로 밖에 나오지 못해서 자세한 사정은 모르겠지만 무언가 큰 사고가 터졌다는 것은 짐작하고 있는 것 같았다.

그나마 황태후의 귀가 밝지 못해 잠에서 깨지 않은 게 다행이었다.

청성과 우수전은 잠에서 깨기 전에 황태후를 모시고 별장을 탈출해야 됐다. 황태후가 오늘 사건을 자세히 알게 된다면 대죄를 피할 수 없을 테니까.

청성이 무명에게 말했다.

"전각 안에 남아 있는 등불을 모두 넣어두었다."

그는 먼저 관음보살상에다 등불처럼 만든 폭뢰를 설치해놓았었다.

남은 폭뢰를 거마차에 실린 전각에 넣었다. 즉, 무명이 영왕에게 말한 세 번째 조건을 처리했다는 뜻이었다.

이어서 청성이 뒤로 고개를 돌리며 명했다.

"가져와라."

금위군이 천에 싼 물건을 들고 와서 무명에게 건넸다.

원래 흰색이었던 천은 검붉은 피로 흠뻑 젖은 지 오래였다. 무명이 천을 풀자, 청성이 망자가 되지 않도록 베어낸 사질 백운의 손목이 나왔다.

무명이 고개를 조아리며 말했다.

"감사합니다."

"……."

청성은 아무 말 없이 싸늘한 눈초리로 무명을 노려봤다. 당장에라도 검을 뽑아 무명을 베려는 기색이 역력했다.

그러나 무명은 태연자약하게 그의 시선을 받았다.

무명은 비웃음을 꾹 참으며 생각했다. 무림맹을 버리고 부귀영화를 좇아서 관과 연을 맺은 무당파와 금위군 총대장의 위치를 하룻밤에 던져 버린다고? 설마! 당신이 그럴 수 있을 리가 없지.

우수전도 냉랭한 눈빛으로 무명을 응시했다.

졸지에 처지가 이상하게 된 화산쌍로 역시 분하고 당황한 기색을 감추지 못하고 있었다. 하지만 무명은 둘을 무시했다.

인피면구를 쓰고 매번 뒤통수나 노리는 자객 따위 알 게 무엇인가?

다만 무명이 예의 주시하는 자가 있었다.

바로 영왕이었다.

"준비가 끝났으면 어서 출발하라!"

평소 호방한 성정으로 사람들의 인기를 끌던 영왕은 위기가 목전에 닥치자 본색을 드러내고 마구 날뛰었다.

"뭣들 하느냐? 역적들이 별장까지 들어올라!"

"전하, 염려 마시옵소서. 소신 장량이 명을 받들고 역적을 따돌리겠습니다."

무명이 허리를 깊이 숙이며 말했다.

동시에 속으로 생각했다. 당신의 정체가 망자라면 참으로 대단한 연기군.

거마차의 위용은 다시 봐도 대단했다.

마부석 앞에는 십여 필의 말이 고삐에 매인 채 연결되어 있었다. 또한 뒤에는 전각 하나가 통째로 수레 위에 얹혀 있었다. 황족만이 탈 수 있는 바퀴 달린 건물이었다.

무명은 금위군이 가져온 사다리를 타고 전각 위로 올라갔다.

전각은 지붕이 여덟모가 난 팔각정이었다. 지붕은 여덟 줄기의 용마루가 한데 모이는 곳에 표주박 모양의 탑찰이 올려져 있었다.

지붕에 올라간 무명은 피에 젖은 천을 풀어 헤쳤다.

천 속에는 청성이 단칼에 벤 백운의 손목이 들어 있었다. 손목은 당장에라도 살아서 꿈틀거릴 것처럼 보였다.

무명은 탑찰에 백운의 손목을 대고 밧줄로 칭칭 동여 감았다.

또한 손목을 쌌던 피 묻은 천도 함께 묶었다. 핏물을 잔뜩 먹은 천이 피 냄새로 망자들을 끌어들일 테니까.

사다리에서 내려온 무명은 이강, 창천칠조와 함께 거마차에

탔다.

푸르르르! 사람들이 거마차에 오르자 고삐에 매인 말들이 숨을 내쉬었다.

모든 준비가 끝났다.

담장 위의 금위군은 쉬지 않고 불화살을 쏘아 망자들의 진격을 늦추고 있었다.

이제 잠행조가 거마차를 끌고 나가면 우수전은 환관과 궁녀들에게 잠든 황태후를 모시도록 하고 청성과 금위군은 그들을 호위하며 북문으로 빠져나갈 것이다.

무명이 잠행조에게 물었다.

"다들 준비되었소?"

"준비됐으니 시작하시오."

장청이 싸늘한 목소리로 대답했다.

장청뿐 아니라 당호와 남궁유도 표정이 썩 좋지만은 않았다.

무당파가 무림맹에서 나갔다고 하나 백운은 엄연히 명문정파의 후기지수였다. 그런데 혹도 무리나 다름없는 무명이 백운의 손목을 망자 유인에 이용하자 창천칠조는 심정이 복잡했던 것이다.

장청이 참을 수 없었는지 중얼거렸다.

"이건 사파의 마두나 할 짓이야."

무명은 아무 말 없이 쓴웃음을 흘렸다.

송연화가 무명 옆을 지나가며 슬쩍 말을 건넸다.

"무당파와 화산파의 손아귀에서 빠져나가다니 대단하군요."

"과찬이오."

"장청 말은 잊어버려요. 큰 부상을 입어서 신경이 날카로운 것뿐이에요."

"알고 있소."

무명은 고개를 끄덕였다. 그때 송연화가 뜻밖의 말을 했다.

"그런데 누가 누구를 거느린다고요?"

"……"

무명은 말문이 막혔다. 송연화의 말은 무명이 영왕에게 창천칠조가 평소 자신이 거느리는 자들이라고 했던 얘기를 캐묻는 것이었다.

"그냥 둘러대느라고 한 말이오."

무명은 속으로 진땀을 흘리며 대답했다.

그런데 그녀의 다음 말이 무명을 더욱 당황케 만들었다.

"생각해 보니 그것도 나쁘지 않겠군요. 당신 같은 사내라면……"

송연화는 불분명하게 말끝을 흐리더니 고개를 돌려 버렸다. 무명은 그녀가 무슨 뜻으로 그런 말을 꺼냈는지 이해할 수 없었다.

무명이 멍하니 있자 이강이 전음을 보냈다.

[색마 놈아, 영왕이 목을 빼고 기다린다.]

무명은 정신이 번쩍 들었다. 그가 영왕을 향해 포권지례를 올렸다.

"전하, 부디 태후마마를 모시고 안전하게 피신하십시오."

"오냐! 내 너의 공을 잊지 않으마!"

무명이 채찍을 세차게 내려치며 외쳤다.

"이랴!"

히히히힝!

밤중에 잠이 깨어 신경이 날카로운 말들이 일제히 앞으로 달려 나갔다.

쿠르르르! 거마차가 지축을 울리며 움직이기 시작했다.

"이랴! 이랴!"

무명은 사정없이 채찍을 휘둘러서 말들을 몰아세웠다.

일단 거마차가 밖으로 나가면 망자 떼에 포위되어서 속도가 점점 느려질 게 뻔했다. 남문을 통과하기 전에 최대한 속도를 높이는 게 중요했다.

말들이 발을 구르며 질주했다.

거마차가 남문 앞에 도달하는 찰나, 청성이 휘파람을 길게 부르며 명령했다.

"지금이다!"

남문의 좌우에 도열해 있던 금위군들이 큼지막한 나무망치를 치켜들었다. 이어서 망치를 휘둘러 남문의 경첩을 박살 냈다.

와지끈!

남문 밖은 금위군 망자들이 몰려 있어서 문을 천천히 열 여유가 없었다. 무명이 거마차가 문을 통과하기 직전에 경첩을 부수어달라고 요청했던 것이었다.

금위군 두 명이 문에 걸린 빗장을 빼낸 다음 재빨리 물러섰다.

순간 말들이 문을 걷어차며 앞으로 돌진했다.

히히히힝! 우당탕탕!

경첩이 떨어진 좌우 문짝이 말들의 기세에 밀려서 앞으로 넘어갔다. 말들이 거마차를 끌고 남문을 통과하기 시작했다.

그런데 무명의 예상을 빗나가는 일이 생겼다.

원래 거마차의 전각은 남문 처마에 살짝 닿지 않는 높이였다. 하지만 문짝이 넘어가면서 망자 몇 명이 아래에 깔리는 바람에 땅바닥이 높아지는 셈이 된 것이다.

"……!"

남문 처마와 부딪쳐서 전각 탑찰에 묶어둔 백운의 손이 떨어진다면 모든 게 물거품이 되어버린다.

무명은 고삐를 꽉 움켜쥐고 계속 내려쳤다.

철썩! 철썩!

말들이 문짝을 밟고 그대로 내달렸다.

수레바퀴가 문짝을 찍어 누르며 올라갔다. 투웅! 그 바람에 전각이 위로 팅겨 올랐다.

전각이 남문 처마와 충돌했다.

콰직!

그러나 백운의 손은 떨어지지 않았다. 수레가 생각보다 높이 튀어 오르는 덕분에 탑찰이 아니라 그 밑부분이 처마와 부딪쳤던 것이었다.

전각이 처마를 박살 내면서 남문을 통과했다.

콰장창창!

지붕 꼭대기의 탑찰에 묶은 백운의 손은 떨어지지 않았다. 거마차가 튀어 오르는 바람에 탑찰 밑부분이 남문의 처마를 박살 내었던 것이다.

콰장창창!

잠행조가 탄 거마차가 어둠 속을 향해 돌진했다.

거마차 뒤쪽에서는 금위군이 쏘는 화살 세례가 소낙비처럼 떨어지고 있었다.

슈슈슈슉!

별장으로 들어오려는 망자를 막기 위해서였다.

별장 안의 사람들은 긴장한 눈으로 남문 너머를 지켜봤다. 만약 망자 떼가 거마차를 따라가지 않는다면 낭패였기 때문이다.

하지만 걱정은 금세 사라졌다.

어둠 속에서 별장으로 다가가던 망자들이 거마차 쪽으로 일제히 고개를 돌렸던 것이다.

망자들은 고개를 이리저리 저으며 허공에 대고 코를 킁킁거렸다. 그러다가 거마차의 전각 탑찰을 향해 시선을 집중했다.

탑찰에 묶여 있는 백운의 손목.

마치 해바라기가 해를 따라 움직이듯 망자들이 거마차가 달려가는 방향으로 고개를 빙글 돌렸다.

그리고 어느 순간 동시에 괴성을 터뜨렸다.

키에에에엑!

망자들이 미친 듯이 거마차를 향해 몰려오기 시작했다.

이강이 싸늘한 목소리로 말했다.

"피 냄새 맡는 게 사어 뺨치는군."

사어(沙魚)는 중원에서 상어를 부르는 말이다.

사어는 수십 리 밖에서도 피 한 방울의 냄새를 놓치지 않고 추적하는 것으로 악명 높다. 지금 어둠 속의 망자 떼가 바로 그랬다.

야영터와 담장 밖을 지키던 금위군은 결코 적은 수가 아니었다.

하지만 그들은 죽어서 망자가 된 지 한참이 지났다. 때문에 베인 지 얼마 안 되어 핏물을 뚝뚝 흘리고 있는 백운의 손이 망자들의 시선을 끌었던 것이다.

시신도 아닌 손목 하나에 반응하는 망자 떼는 흉포한 사어처럼 잠행조의 간담을 서늘하게 만들었다.

무명이 말했다.

"모두 자기 위치를 알고 있겠지?"

"물론이오."

무명을 제외한 잠행조가 고개를 끄덕이며 대답했다.

실은 별장에서 거마차가 준비되기를 기다리면서 무명은 잠행조에게 계획을 설명했었다.

"말은 내가 맡겠소."

무명의 일은 마부석에서 계속 채찍을 휘둘러 말을 멈추지 않게 하는 것이었다.

"이강과 송연화는 마부석의 좌우를 맡으시오."

둘의 임무는 망자가 마부석으로 올라올 경우 무공을 모르는 무명을 호위하는 것이었다.

"장청과 당호는 수레의 좌우를 맡으시오."

망자가 수레 위로 올라오면 낭패였다. 장청과 당호는 수레 위에 놓인 전각 좌우를 맡아서 망자가 올라오는 것을 막는 역할이었다.

"마지막으로 남궁유에게 수레 뒤를 맡기겠소."

십여 필의 말이 끌고 있으나 망자 떼를 완전히 따돌릴 수 없었다. 수레 위에 거대한 전각이 놓여서 무게가 엄청났기 때문이다.

이강과 송연화가 망자에게서 무명과 말들을 지키는 중책을 맡았다면, 남궁유는 망자들이 가장 많이 들러붙을 수레 뒤를 맡은 것이었다.

검법이 변화무쌍하고 임기응변에 능한 남궁유는 다수의 망자 떼를 상대하기에 적격이었다.

이강이 환도를 치켜들며 말했다.

"우리는 준비됐다. 서생 네놈이 걱정이지."

이강뿐 아니라 창천칠조도 환도를 한 자루씩 들고 있었다.

날이 넓고 휘어진 환도는 바로 금위군의 것이었다.

무명은 거마차가 출발하기 전에 청성에게 환도 다섯 자루를 달라고 말했다. 영왕이 옆에 있으니 청성도 무명의 청을 거절하지 못했다.

이강과 창천칠조가 환도를 들고 몸을 날렸다.

휘익!

선두는 이강과 송연화, 좌우는 장청과 당호, 후미는 남궁유.

다섯 명이 호위하는 가운데 무명이 세차게 채찍을 휘둘렀다.

철썩! 히히히힝!

거마차가 수백 명의 망자 떼를 향해 돌진했다.

십여 필의 말이 달려오는데 망자들은 침을 흘리며 탑찰 위에 매달린 손을 쳐다봤다. 그러다가 말발굽에 짓밟히고 깔려 버렸다.

두두두두두!

말들이 해일처럼 망자들을 덮치면서 지나갔다.

전장에서 보병의 수가 아무리 많아도 기마병 하나를 당해 낼 수 없다. 멀리서 작은 점으로 보이던 말이 어느새 코앞에 들이닥치면 보병은 피할 새도 없이 짓밟히기 일쑤이기 때문이다.

게다가 사람이 말을 타면 원래 신장보다 세 배 이상 키가 커지는 셈이 된다.

까마득히 높은 곳에서 찌르고 휘두르는 창에 보병의 목은 추풍낙엽처럼 떨어진다. 삼국연의에서 말을 탄 한 명의 호걸이 수백 명의 병사를 능히 도륙하지 않는가?

하물며 십여 필의 말이 미친 듯이 질주하고 있었으니…….

망자들이 말발굽에 밟혀서 땅바닥을 나뒹굴었다.

꾸웨에엑!

그러나 망자 떼를 완전히 떨쳐 버리기에는 거마차의 속도가 너무 느렸다.

결국 잠행조는 사방팔방에서 덤벼드는 망자들을 상대해야 했다.

이강과 송연화가 망자들에게 환도를 휘둘렀다.

서걱! 촤아악!

환도가 공중에 반원을 그릴 때마다 망자의 목이 날아갔다. 운 좋게 말발굽을 피해서 수레를 붙잡으려던 망자들은 둘이 휘두르는 환도에 손목이 떨어지고 말았다.

장청과 당호도 전각 창문을 붙들고 매달린 채 환도를 휘둘렀다.

특히 전각 후면을 맡은 남궁유의 활약이 대단했다.

막 무덤 속에서 나온 것처럼 살이 썩고 문드러진 망자들이 수레를 붙잡으려고 뛰어왔다.

남궁유가 눈쌀을 찌푸리며 소리쳤다.

"아악, 징그러! 저리 가지 못해?"

하지만 부잣집 철없는 따님 같은 말투와는 달리 그녀의 환도는 전광석화처럼 움직였다.

스르릉! 팟! 스팟!

환도는 공중에 부드러운 곡선을 그리다가 어느 순간 직선으로 찌르고 베기를 반복했다. 곡선과 직선의 사이에 단 한 차례도 끊어짐이 없었다.

검날이 버드나무처럼 휘어지는 연검(軟劍)을 주무기로 쓰는 남궁유.

그런데 무겁고 둔탁한 환도마저 그녀의 손에 들리자 날렵한 쾌도로 탈바꿈하는 것이었다.

명필이 붓을 가리랴.

"진짜 귀찮게 하네!"

남궁유는 연신 투덜대면서도 수레에 접근하는 망자를 하나도 빠뜨리지 않고 처치했다.

거마차가 지나가는 자리에 망자들의 잘린 목과 손이 셀 수 없이 쌓였다. 거마차를 향해 좁혀오던 망자들의 포위망이 조금씩 멀어졌다.

거마차의 질주는 일견 수월해 보였다.

송연화가 말했다.

"이대로라면 망자 떼를 충분히 돌파할 수 있겠어요!"

"……."

무명은 바로 대답하지 않았다.

아니나 다를까, 무명의 걱정이 현실이 되어 나타났다.

어둠 속에서 또 다른 망자 인파가 모습을 드러냈다.

그런데 이번 망자 떼는 조금 달랐다. 그들은 한 손에 환도를 들고 휘두르면서 거마차로 돌진했던 것이다.

부웅, 부웅, 부웅!

야영터에 있던 금위군이었다.

무명이 정신없이 채찍을 내려치며 외쳤다.

"조심하시오!"

쟁쟁쟁! 잠행조와 망자들의 환도가 공중에서 충돌하며 굉음을 냈다.

다행히 망자들의 검격은 크게 위협적이지 않았다. 생전에 금위군이었던 기억으로 환도를 휘두르지만 혼백이 사라진 혈귀인지라 동작이 굼뜨고 마구잡이로 내려칠 뿐이었다.

잠행조에게 그들의 환도를 막는 것은 식은 죽 먹기처럼 쉬웠다.

문제는 따로 있었다.

환도가 번쩍거리며 날아오자 깜짝 놀란 말들이 우왕좌왕하기 시작한 것이었다.

히히히힝!

말들이 환도를 피하려고 앞발을 치켜들며 날뛰었다. 어떤 말은 거마차의 진행 방향과 다른 곳으로 달려가려고 했다.

무명은 침을 꿀꺽 삼켰다.

말들이 서로 다른 곳으로 달리거나 줄이 엉키면 끝장이었다.

철썩, 철썩! 무명은 정신없이 채찍을 내려치며 말들을 달리게 했다.

그때였다.

말이 환도에 놀라 주춤거리는 사이 망자 하나가 말 등 위로 뛰어올랐다.

무영이 반사적으로 소리쳤다.

"이강! 북북서!"

망자는 거마차가 나아가는 방향에서 비스듬히 왼쪽에 있는 말에 올라탔다. 때문에 무명은 거마차 방향을 북쪽으로 기준을 잡고 북북서(北北西)라 외친 것이었다.

두 눈이 없지만 이강은 귀신같이 말을 알아들었다.

타앗!

이강이 수레를 박차며 공중으로 뛰어올랐다.

스팟! 그가 말 등 위에 떨어지면서 환도로 갈 지(之) 자를 그렸다.

망자의 목과 두 팔이 떨어져서 날아갔다. 두 발만 남은 망자 몸뚱이는 균형을 잃고 말 등에서 추락했다.

그리고 순식간에 망자를 처치한 이강은 말 등을 밟고 다시 뛰어올라 원래 있던 자리로 돌아오는 것이었다.

"이제 됐냐?"

"훌륭하오."

말 위로 올라온 망자를 떨군 것은 좋았다.

그러나 거마차의 속도가 점점 느려지고 있었다. 거대한 전각이 있는 거마차는 애초에 망자 떼를 따돌릴 만한 방책이 못 되었다.

다행인 점은 잠행조의 환도에 베이고 말발굽에 깔리느라 망자의 기세가 잠시 주춤해졌다는 것이었다.

시간을 더 지체했다가는 망자 떼에게 다시 포위될 수 있었다.

무명이 명령을 내렸다.

"당호, 지금이오! 폭뢰에 불을 붙이시오!"

"알겠습니다!"

당호가 화섭자를 들고 전각 문을 연 뒤 안으로 들어갔다.

무명이 꾸민 계책은 이랬다.

먼저 전각 안에 잔뜩 쌓인 폭뢰 심지에 불을 붙인다.

그런 다음 망자 떼의 벽이 가장 얇은 곳을 찾아 거마차에서 뛰어내린다.

잠행조는 바로 옆에 있는 망자만 재빨리 목을 베어 처리한다. 그리고 숨을 참고 무표정을 유지해서 망자의 눈길에서 벗어난다.

망자들이 탑철에 묶인 백운의 손을 쫓아 전각을 오를 때 대폭발이 일어날 것이다. 거마차를 향해 모여든 망자들은 삽시간에 잿더미로 변하리라.

남은 일은 멀리 도주하는 것이었다.

무명을 제외해도 다섯 명의 고수가 있었다. 남은 망자 잔당을 처치하며 돌파하는 것은 어렵지 않으리라 생각되었다.

무명이 두 번째 명령을 말했다.

"전각 위로 올라가시오!"

당호를 제외한 네 명 이강, 송연화, 장청, 남궁유가 더 이상 망자를 막지 않고 몸을 돌렸다. 그리고 전각 처마를 붙잡고 지붕 위로 몸을 날렸다.

먼저 올라간 송연화가 무명의 손을 잡고 지붕으로 끌어 올렸다.

이제 굳이 망자를 막을 필요가 없었다. 오히려 망자 떼가 전각으로 몰려올수록 작전이 성공할 가능성이 높았다.

환도를 휘두르던 잠행조가 사라지자 거마차는 금세 망자들로 뒤덮였다.

키에에엑!

망자 떼가 거마차의 사방팔방을 첩첩산중처럼 둘러쌌다.

"모두 꼭대기로!"

잠행조는 백운의 손이 묶인 탑철을 중심으로 모였다.

그러는 와중에도 지붕에 올라오려는 망자들의 손목을 베는 것은 잊지 않았다.

무명이 물었다.

"어느 쪽으로 탈출하는 게 좋을 것 같소?"

장청, 송연화, 남궁유가 각자 세 방향을 맡아서 망자의 수를 살폈다. 포위망이 가장 허술한 곳을 찾으려는 것이었다.

장청이 검지로 한 방향을 가리키며 말했다.

"저쪽이 좋을 것 같소!"

송연화가 반론을 제기했다.

"아니에요! 이쪽이 망자 수가 뜸해요!"

그녀가 가리킨 곳은 장청이 택한 방향과 정반대 쪽이었다.

남궁유도 송연화의 손을 들어주었다.

"나도 이쪽! 연화가 말한 쪽이 어둠이 일렁이지 않아. 망자가 얼마 없다는 뜻이지."

무명이 결정을 내렸다.

"좋소. 당호가 올라오면 즉시 전각에서 뛰어내려 저곳을 돌파합시다."

이강이 말했다.

"네놈들 선택이 썩 미덥지 않군."

"그럼 혼자서 딴 곳으로 도망치지 그래? 아무도 안 말리거 든?"

남궁유가 툭 쏘며 대꾸하자, 이강이 어깨를 으쓱했다.

"보다시피 나는 두 눈이 없으니 어쩌겠냐? 가자는 대로 가 야지."

"어차피 같이 갈 거면서 말이 많네."

전각 지붕에는 내부에서 올라올 수 있도록 기왓장 밑에 네 모난 뚜껑이 달려 있었다.

무명이 뚜껑을 활짝 열자 안이 들여다보였다.

그가 밑을 향해 소리쳤다.

"당호, 아직 멀었소?"

"잠깐만요! 등불이 너무 많아서 심지를 찾기 힘듭니다."

"서두르시오!"

거마차의 속도는 이제 눈에 띄게 느려져 있었다.

잠행조가 밑에서 환도를 휘두르지 않자 망자들이 거마차에 꾸역꾸역 올라왔다. 망자들의 무게가 점점 더해지자 자연스레 속도가 느려질 수밖에 없었다. 속도가 느려지니 망자들이 더 욱 쉽게 거마차에 뛰어올랐다.

어느새 지붕 위만 빼고 전각은 망자 떼로 뒤덮여 버렸다.

무명이 재촉했다.

"시간이 없소!"

그때 당호가 뚜껑 위로 불쑥 고개를 내밀었다.

"다 끝났소? 도망칩시다!"

그런데 당호의 표정이 이상했다.

"전각 안에 등불이 잔뜩 쌓여 있기는 합니다."

"그럼 뭐가 문제요? 심지에 불은 붙였소?"

"그래 봤자 아무 소용 없어요."

당호가 고개를 저었다.

"여기 있는 건 폭뢰가 아니라 그냥 등불이라고요!"

청성이 금위군을 시켜 전각에 넣어둔 것은 폭뢰가 아니라 평범한 등불이었던 것이다.

당호가 소리쳤다.

"여기 있는 건 폭뢰가 아니라 그냥 등불입니다!"

잠행조를 몰살시키기 위해 관음보살상에 장식해 두었던 폭뢰 등불. 청성은 남은 등불을 모두 전각에 넣었다고 말했다.

하지만 그 말은 사실인 동시에 거짓이었다.

청성은 전각에 폭뢰를 가장한 가짜 등불이 아니라 진짜 등불을 넣어두었던 것이다.

당호가 무명이 볼 수 있도록 등불 하나를 치켜들었다.

"보세요. 이게 어디가 폭뢰입니까?"

"……"

무명은 침음한 채 등불을 바라봤다.

붉은색 종이를 두른 원통 속에 기름 담긴 호리병이 보였다.

축제 때 처마 끝이나 벽에 매달아놓는 평범한 등불이었다. 원래라면 종이 통 속에 호리병 대신 폭뢰가 있어야 했다.

아직 생각을 읽는 능력이 돌아오지 않았지만 이강의 눈치는 빨랐다.

"청성 놈에게 또 속았군."

"그게 무슨 말이죠?"

송연화가 묻자 이강이 킬킬대며 대답했다.

"청성 놈이 네놈들을 풀어준다고 하면서 거신상에 폭뢰를 설치하지 않았냐?"

"그런데요?"

"이번에는 반대로 폭뢰 대신 등불을 넣어놓았다. 서생 놈이 청성에게 두 번 속았다는 뜻이지."

"개자식! 무당파가 이렇게까지 할 줄이야……."

"앵두 같은 입술에서 나올 말은 아니군, 후후후."

이강이 비아냥댔으나 송연화는 분이 풀리지 않는지 무시했다.

무명은 입술을 깨물며 침음했다.

거마차를 폭발시켜서 백운의 손에서 피 냄새를 맡고 몰려든 망자 떼를 처치하고 포위망을 뚫는다는 작전.

그러나 작전은 청성의 술책에 산산조각이 났다. 이제 망자 떼를 궤멸시킬 방법이 사라진 것이다.

지금 전각에서 뛰어내린다면 잠깐은 도망칠 수 있으리라.

하지만 전각이 폭발하지 않는 이상 망자들은 백운의 손에 금세 흥미를 잃고 잠행조에게 눈길을 돌릴 것이다.

망망대해 같은 벌판에서 망자 떼에게 포위된다면?

기다리는 것은 죽음뿐.

아니면 저들처럼 망자가 되든지.

그 와중에도 피 냄새를 맡은 망자들이 꾸역꾸역 몰려들었다.

키에에엑!

말들이 공포에 질려서 마구 날뛰는 바람에 거마차의 속도는 걷는 것만도 못했다. 결국 거마차는 망자 떼에게 완전히 포위되어 버렸다.

게다가 잠행조를 경악케 만드는 일이 벌어졌다.

망자들이 다른 망자의 몸을 타고 전각 지붕을 향해 기어오르기 시작했던 것이다.

송연화가 고개를 절레절레 흔들며 말했다.

"이건 정말이지 미쳤군요."

"아직 몰랐냐? 세상은 원래 미쳤어."

이강이 쓴웃음을 지으며 대꾸했다.

난공불락의 성을 점령하기 위해 거대한 사다리를 이용한다는 것은 병법을 공부하는 자라면 누구나 아는 일이다.

그러나 살아 있는 시체들이 몸으로 사다리를 만든다는 것은 강호의 그 누구도 들어보지 못한 기사(奇事)였다.

지붕을 지키고 있는 이강, 장청, 송연화, 남궁유의 얼굴이 딱딱하게 굳었다.

이강이 물었다.

"서생 놈아, 도망칠 계책은 아직이냐?"

이강의 목소리에는 여느 때와 달리 비아냥대는 기색이 없었다. 죽음이 목전으로 다가오자 강호제일악인을 자처하는 그마저 농담을 꺼낼 기분이 아니었던 것이다.

그런데 대답하는 무명의 말투가 지나치게 무덤덤했다.

"될지 안 될지 모르지만 하나 생각났소."

"뭐라고? 그럼 빨리 계책을 실행해라!"

이강이 깜짝 놀라며 외쳤다.

장청, 송연화, 남궁유도 침을 꿀꺽 삼키며 무명을 봤다.

무명이 말을 이었다.

"한 가지 사소한 문제가 있소."

"그게 뭐냐?"

"잠깐 시간이 필요하오. 차 한 모금 삼킬 시간 정도? 그보다는 좀 더 길겠군. 그런데……."

"그런데?"

"장수들이 겁을 집어먹었으니 책사가 준비할 시간이 있을지 의문이군."

무명이 냉랭하게 말을 끝냈다.

이강, 장청, 송연화, 남궁유의 표정이 일순 멈칫했다.

장수들이 겁을 집어먹었다.

그 말이 뜻하는 것은 분명했다.

좋은 작전이 떠올랐지만 호위병들이 미덥지 않으니 별 기대는 안 하겠다.

이어서 무명은 네 명에게 시선 한번 던지지 않고 뚜껑 속으로 들어가더니 전각 안으로 내려가 버렸다.

무명의 냉담한 태도가 지붕 위의 네 강호인에게 불을 붙였다.

키에에에엑!

망자 떼가 동료들의 몸을 타고 거미처럼 전각을 향해 기어올랐다.

그러나 그들을 기다리고 있는 것은 도검지옥(刀劍地獄)이었다.

이강, 장청, 송연화, 남궁유가 각각 지붕의 동서남북 네 방위를 맡아서 무차별로 환도를 휘둘렀다.

부웅, 부웅, 부웅!

명문정파의 후기지수다운 정묘한 검법은 이미 찾을 수 없었다.

네 명은 망자들이 처마 위로 고개를 내밀 때마다 환도로 머리를 쪼갰다. 픽! 처마를 붙잡고 사다리가 된 망자의 손목을 환도로 내리찍었다. 퍽!

망자가 죽든 말든, 혈선충의 심맥을 가르든 말든 상관없었다.

한낱 서생 따위가 뭐라고?

차 한 모금 삼킬 시간? 아주 한잠 자고 일어날 때까지 시간을 벌어주지!

네 개의 환도가 도마 위의 생선처럼 망자들을 도륙했다.

터억! 콰직! 퍽퍽퍽!

정육점에서나 들을 수 있을 법한 고기 써는 소리가 터졌다.

망자 떼는 끊임없이 꾸역꾸역 거마차로 몰려왔다.

그러나 악귀나찰로 변한 네 강호인의 저항이 만만치 않았다. 올라오려는 악귀와 막으려는 악귀의 싸움으로 전각은 아수라장이 되었다.

송연화가 미친 듯이 환도를 휘두르며 소리쳤다.

"무명! 아직 멀었나요?"

그때 무명이 뚜껑 위로 불쑥 고개를 내밀었다.

"다 끝났소."

무명과 당호가 지붕 위로 올라왔다.

그런데 지붕에서 싸우던 네 명은 고개를 돌리다가 입을 딱 벌리고 말았다. 무명과 당호가 등불 두 개씩을 줄로 묶어서 어깨에 걸쳐 메고 있는 것이 아닌가?

송연화가 반기는 표정으로 물었다.

"폭뢰가 있었나요?"

"아니오. 이건 평범한 등불이오."

"뭐라고요? 그럼 지금까지 한 게 고작 등불을 챙긴 거였

어요?"

"그렇소."

"맙소사……."

송연화는 무명의 말이 이해가 안 되고 기가 막히기도 해서 입을 다물지 못했다.

하지만 무명은 그녀를 무시했다.

"설명할 시간이 없소."

그리고는 동쪽을 둘러보다가 어느 방향을 가리키며 말했다.

"모두 이쪽으로 뛰어내려 달리시오."

"그쪽은 아까 내가 가리킨 곳이 아니잖아요?"

송연화가 또 한 번 입을 딱 벌렸다. 무명이 그녀가 정했던 곳과는 전혀 다른, 엉뚱한 곳을 가리켰던 것이다.

무명이 냉랭하게 명령했다.

"뛰시오."

이강이 광소를 터뜨리며 어둠 속으로 몸을 날렸다.

"책사가 산에 오르라고 하니 병졸이 올라야지 별수 있나? 크하하하!"

남궁유도 이강의 뒤를 이었다.

"나도 갈래! 여기는 이제 지긋지긋해!"

장청도 의심쩍다는 눈초리로 무명을 응시한 뒤 지붕을 뛰어내렸다.

송연화가 당호에게 물었다.

"대체 어떻게 된 일이에요?"

"무명이 이번 작전은 둘 중 하나라고 말하더군요."

"그게 뭔데요?"

"죽든지 살든지."

당호가 고개를 절레절레 저으며 몸을 날렸다.

이제 지붕 위에 남은 자는 무명과 송연화, 둘뿐이었다.

"책사가 계책을 짜면 장수는 따르시오. 아까는 내 밑에 들어오는 것도 좋다고 하지 않았소?"

"흥! 그 말은 취소예요."

막는 자들이 사라지자 망자들이 미친 듯이 두 팔을 놀려 위로 올라왔다.

망자들이 사방에서 달려드는 찰나, 송연화가 무명의 옆구리를 안으며 기왓장을 박차고 뛰어올랐다.

탓! 둘의 신형이 어둠 속을 날았다.

망자들은 멍하니 고개를 든 채 그림처럼 허공을 날아가는 두 남녀를 지켜봤다. 그러다가 다시 피 냄새에 이끌려서 백운의 손으로 달려들었다.

하지만 백운의 손은 그리 오래 망자들을 잡아두지 못했다.

손은 하나인데 지붕 위로 올라온 망자는 수십 명이 넘으니 당연한 일이었다.

피에 굶주린 망자들이 잠행조가 도주한 방향으로 일제히

고개를 돌렸다. 그리고 서로 밀치면서 잠행조를 쫓기 시작했다.

키에에엑!

땅에 착지한 잠행조는 정신없이 달렸다.

어둠 속에서 망자들이 불쑥 모습을 드러내며 앞을 가로막았다.

그때마다 선두에 선 이강과 남궁유가 환도로 사정없이 망자를 베었다.

"비키시지, 크크크."

좌아악!

송연화는 후미에서 무명을 호위하며 달렸다. 그러다가 무언가를 깨닫고 물었다.

"이쪽은 주작호 방향 아닌가요?"

"맞소."

"뒤에서 망자들이 쫓아오는데 일부러 앞이 막힌 곳으로 간다고요?"

앞에서 달리는 당호가 고개를 돌리며 말했다.

"이번 계책은 배수의 진이 아닐까 생각되네요."

"배수의 진은 목숨을 걸고 싸울 때나 하는 거지! 이건 미친 짓이야!"

"그래서 아까 말했잖아요? 죽든지 살든지라고."

"이 남자는 진짜 돌았어!"

송연화가 지긋지긋하다는 듯이 소리쳤다.

그때 저 멀리 어둠 속에서 주작호의 윤곽이 나타났다.

무명이 명령했다.

"모두 관음보살상으로 올라가시오!"

"관음보살상?"

송연화가 어이없다는 듯 물었다.

"하루 종일 거기 있다가 겨우 빠져나왔는데 다시 올라가라고요?"

"그곳에 폭뢰가 있소."

"하지만 당신이 신상을 물에 빠뜨렸잖아요?"

그제야 송연화도 무명의 계책이 무엇인지 어림짐작했다.

"물에 젖은 폭뢰를 터뜨리는 방법이라도 있나요?"

"그런 방법은 모르오."

"그럼 대체 뭐예요!"

"폭뢰 심지는 물에 젖으면 터뜨릴 수 없소. 하지만 기름을 쓰면 얘기가 달라지지."

당호가 끼어들며 말했다.

"등불에서 호리병을 모았습니다! 폭뢰에 기름을 붓고 불을 붙일 거랍니다!"

"……!"

송연화뿐 아니라 이강, 장청, 남궁유도 귀가 솔깃해서 고개를 돌렸다.

그랬다. 무명과 당호는 등불에서 기름이 든 호리병만 빼서 닥치는 대로 종이 통 속에 모았던 것이다.

지금 둘이 메고 있는 종이 통이 네 개이니, 그 속에 든 호리병만 수십 개가 넘었다.

장청이 당호에게 물었다.

"물에 젖은 심지가 기름을 붓는다고 불이 붙을까?"

"호리병만 수십 개 들고 왔어요. 심지에 불을 붙인다기보다 아예 폭뢰에 기름을 퍼부어서 터뜨리는 거죠."

남궁유도 의심쩍은지 한마디 했다.

"폭뢰가 태반이 물에 잠겼는데? 한두 개 터진다고 망자들 몇이나 죽이겠어?"

"아니요. 이론상으로는 몽땅 터뜨리는 것도 가능해요."

"어떻게?"

"일단 폭뢰가 하나 터지면 연쇄 폭발을 일으킬 겁니다. 호수 물은 기름불을 꺼뜨리지 못하고 오히려 더욱 키울 거예요."

이강은 수긍이 가는 듯 고개를 끄덕였다.

"불붙은 기름에 물을 끼얹으면 불길이 더욱 커지는 것처럼 말이냐?"

"바로 그겁니다!"

뜨겁게 달군 기름에 불이 붙으면 물로는 끌 수 없다. 물을 부었다가는 물과 기름이 순식간에 공중에 기화되어 오히려 불길이 커지기 때문이다.

청성이 준 것은 폭뢰가 아니라 그냥 등불이었다. 하지만 등불 속에는 기름 든 호리병이 있었다.

관음보살상에 올라 심지에 기름을 퍼부어서 화섭자로 불을 붙인다.

수십 개의 폭뢰 중 단 하나만 폭발해도 성공이다. 잠행조를 쫓아온 망자 떼는 연쇄 폭발에 휘말려서 잿더미로 변할 것이다.

그 틈을 타 주작호를 헤엄쳐서 안전한 곳으로 도주한다.

폭발하는 것이 거마차냐 관음보살상이냐만 다를 뿐, 무명이 처음에 짠 탈출 작전과 동일한 셈이었다.

무명이 말했다.

"모두 알아들었으면 나와 당호를 엄호하시오."

먼젓번처럼 별 기대 안 한다는 듯이 냉담한 말투.

그 얼음처럼 차가운 목소리가 이상하리만큼 위엄이 있었다. 창천칠조는 무심코 '존명!'이라고 외칠 뻔하다가 깜짝 놀라 입을 다물었다.

곧 주작호에 쓰러진 관음보살상이 모습을 드러냈다.

잠행조가 몸을 날려 거신상 위로 뛰어올랐다.

척! 이강, 장청, 송연화, 남궁유 넷이 환도를 들고 몸을 돌렸다. 그 움직임에는 준비가 될 때까지 망자를 하나라도 위에 올리지 않겠다는 결의가 서려 있었다.

그사이 무명과 당호가 종이 통을 거꾸로 들어 수십 개의 호리병을 쏟았다.

"병이 깨져도 상관없소."

"알고 있습니다!"

채채챙!

무명은 호리병을 마구 뒤집고 깨뜨리며 기름을 부었다.

아무 심지나 적셔도 상관없었다. 기관장치가 작동하면 폭
뢰가 일제히 폭발하도록 등불들이 굵은 심지로 연결되어 있
었으니까.

기름을 모두 부었다.

"모두 달리시오!"

후욱!

무명은 기름 범벅이 된 심지에 대고 화섭자를 불었다.

무명과 당호가 수십 개의 호리병을 관음보살상 위에 쏟았
다.

기름을 엎지르든 병이 깨지든 상관없었다. 아무 심지나 하
나만 불이 붙으면 그만이니까.

무명이 다시 심지에 대고 화섭자를 불었다.

후욱! 화르르!

화섭자에서 나온 불똥이 기름 범벅이 된 심지에 옮아 붙었
다.

"성공입니다!"

"지금이오! 모두 피하시오!"

관음보살상 발치에서 망자 떼를 막고 있던 네 명이 몸을 돌려 달렸다.

잠행조의 저항이 사라지자 망자들이 금세 관음보살상 위로 올라오기 시작했다. 곧 관음보살상 발치는 서로 밀치고 기어오르는 망자들로 뒤덮였다.

잠행조가 관음보살상의 등을 지나서 머리에 도착했다. 그들은 무거운 환도를 버린 뒤 한 명씩 주작호의 검은 물속으로 몸을 날렸다.

휘익! 풍덩!

후미에서 달려오던 송연화가 망자 하나에게 환도를 집어 던졌다.

휙! 퍽!

환도가 망자의 이마를 쪼개며 박혔다. 그러나 머리가 뒤로 홱 젖혀진 것도 잠깐, 망자는 다시 고개를 앞으로 내리며 휘청휘청 걸어왔다.

"무명!"

송연화가 무명의 옆구리를 한 팔로 감으며 뛰었다. 탓! 둘은 공중에서 포물선을 그리며 주작호로 떨어졌다.

남궁유가 헤엄을 치면서 말했다.

"모두 살았네! 탈출 성공이다!"

그러나 물에 빠진 무명이 수면 위로 고개를 내밀며 대꾸했다.

"아직 아니오."

잠행조는 무명이 무슨 말을 하는지 알아차렸다. 관음보살상이 아직 폭발하지 않고 있었던 것이다.

장청이 당호에게 물었다.

"어떻게 된 거냐? 제대로 처리한 것 맞아?"

"심지에 불똥이 붙는 걸 봤습니다."

"그런데 왜 폭뢰가 멀쩡하지?"

"조금 기다려 보죠. 곧 폭발하지 않을까요?"

당호가 자신 없는 말투로 대답했다.

잠행조에게 남은 시간은 그리 많지 않았다. 어느새 관음보살상 머리까지 온 망자 떼가 잠행조를 쫓아 물속으로 뛰어내리고 있었던 것이다.

풍덩! 풍덩!

망자들은 잠행조처럼 멀리 도약하지 못하고 바로 앞의 물속에 떨어졌다. 때문에 망자 떼와 잠행조의 거리는 꽤 떨어져 있었다.

당호가 뒤를 돌아보며 말했다.

"설마 망자들이 헤엄까지는 못 치겠죠?"

그런데 잠행조를 경악케 하는 일이 벌어졌다.

망자들이 미친 듯이 사지를 버둥거리며 물속을 헤엄쳐 오는 것이 아닌가?

첨벙첨벙첨벙······.

망자들은 빠르게 수면을 가르고 헤엄치지는 못했지만 그렇다고 물속에 빠지지도 않았다.

당호가 기운 빠진 목소리로 중얼거렸다.

"망자들이… 헤엄도 치는군요."

환도에 사지를 베이거나 목이 없어서 몸뚱이만 남은 망자는 균형을 잡지 못한 채 수면 아래로 가라앉았다.

그러나 망자의 수가 너무 많았다.

관음보살상에서 뛰어내리는 망자들 세 명 중 한 명은 가라앉았으나 워낙 숫자가 많아서 티도 안 났다.

어느새 수면 위는 둥둥 떠서 헤엄쳐 오는 망자들의 머리로 가득 차버렸다.

장청이 소리쳤다.

"이제 어쩔 셈이오? 설마 이대로 주작호를 헤엄쳐서 건너자는 건 아니겠지?"

그의 말도 일리가 있었다.

주작호는 호남 땅에 있는 동정호(洞庭湖)와는 비교할 수 없어도 수평선이 보일 만큼 넓은 호수였다.

한밤중의 호수 물은 얼음물에 몸을 담그는 것처럼 차가웠다. 산공독이 완전히 해독되지 않은 잠행조가 주작호를 헤엄쳐서 가로지른다는 것은 불가능했다.

앞에는 끝없는 물. 뒤에는 망자 떼.

어인(魚人)이 아닌 한, 달아날 방법이 없었다.

무명이 대답했다.

"심지에 불이 붙은 것을 확인했소. 폭뢰는 곧 폭발하오."

"그걸 무슨 수로 장담하냐?"

"장담 못 하오."

"뭣이?"

"나는 누구처럼 입만 살아서 불평하지 않고 할 수 있는 계책을 다 썼소. 남은 것은 운에 달렸소."

"뭐라고? 우리 목숨을 운에 맡기려는……."

그때였다.

번쩍! 주작호가 대낮처럼 밝아졌다.

이어서 눈부신 섬광과 함께 귀청을 울리는 굉음이 천지를 뒤흔들었다.

콰콰콰콰쾅!

관음보살상에 설치된 폭뢰가 폭발했던 것이다.

불길이 솟아오르자 관음보살상 주위의 온도가 급격히 올라갔다. 고온이 주작호의 물과 무명이 쏟은 기름을 한데 섞으며 유증기(油蒸氣)를 만들었다.

공기에 불붙은 기름이 뒤섞이자 폭뢰가 연쇄 폭발을 일으켰다.

콰콰쾅! 퍼퍼퍼펑!

맹렬한 화염이 팔 층 전각만 한 높이로 솟아올랐다.

화르르르!

헤엄 속도가 느린 탓에 관음보살상에서 멀리 떨어지지 못한 망자들은 불길에 휘말렸다.

키에에엑!

망자 떼는 안 그래도 수면 위에 빽빽이 모여 있던 터라 불길을 피할 공간이 없었다. 마른 들판에 불이 번지듯이 강렬한 화염이 망자들을 집어삼켰다.

잠행조는 물 위에 뜬 채 불타는 망자들을 지켜봤다.

송연화가 무심코 중얼거렸다.

"말 그대로 화염지옥이군요."

다들 그 말에 고개를 끄덕였다.

지옥 불에 불타는 악귀들. 눈앞의 광경에 딱 맞는 표현이었다.

이강도 한마디 했다.

"적벽대전이 따로 없나 보군."

적벽대전(赤壁大戰)은 삼국연의에서 가장 유명한 전투다.

조조는 천하의 패권을 쥐려고 강동 땅을 공격한다. 이에 촉나라와 오나라가 동맹을 맺어 대항했다.

조조군은 십만이 넘는 대군이었다. 하지만 병사들이 풍토병과 심한 뱃멀미로 고생하자 배들이 흔들리지 않도록 서로 단단히 묶어버린다.

촉오동맹은 기회를 놓치지 않고 화공(火攻)으로 조조군을 공격했다. 조조군은 배가 붙어 있었기 때문에 불길을 피하지 못한 채 참패하고 말았다.

즉, 이강이 서로 뒤엉켜서 불길을 피하지 못하는 망자 떼를 두고 적벽대전의 조조군을 언급한 것은 그야말로 적절한 비유였다.

당호가 감탄하며 말했다.

"두 눈이 없으면서 직접 보는 것처럼 얘기하다니 대단하시군요."

이강은 한술 더 떴다.

"불구경은 천하 제일가는 구경거리지. 망자들이 불에 타서 숯이 되는 꼴을 못 보다니 아쉬워서 눈물이 다 나는군."

"아무리 망자라고 해도 얼마 전까지는 사람이었습니다."

"그래서 뭐?"

"정말 강호제일악인이 따로 없군요."

당호가 넌더리를 냈다.

불길은 사그라들 줄 모르고 밤하늘과 주작호의 수면을 한참 동안 환하게 밝혔다.

망자 떼는 태반이 폭발에 휘말려서 불에 타버렸다. 어이없게도 뒤늦게 따라온 망자들마저 불길을 피하지 않고 주작호로 뛰어들었다.

풍덩, 풍덩! 화르르르……

이미 죽은 시체가 되살아난 망자들.

그들은 죽음도 불길도 두려워하지 않았다. 하지만 화염지옥으로 둔갑한 관음보살상을 향해 달려드는 것은 자살행위나 다름없었다.

잠시 후, 더 이상 물속으로 뛰어드는 망자는 보이지 않았다.

당호가 말했다.

"이제 정말 살았군요."

"뭍으로 올라갑시다."

무명은 이동 방향을 북쪽으로 선회했다.

야영터의 금위군 말고 다른 망자들은 별장 남문 쪽에서 나타났다. 혹시 모를 망자 잔당을 피하기 위해 그는 북쪽을 선택한 것이었다.

한참을 헤엄친 끝에 잠행조는 뭍에 올라오는 데 성공했다.

하지만 안심하기에는 일렀다.

"어디서 망자들이 나타날지 모르오."

주작호 주변은 아직 칠흑처럼 어두웠다. 관음보살상을 폭파해서 망자 떼를 상당수 처리했지만 언제 어둠 속에서 망자들이 나타날지 알 수 없었다.

해가 뜬다면 수십 명의 망자쯤은 충분히 상대하거나 피할 수 있으리라.

그러나 얼마나 기다려야 해가 뜬다는 말인가?

잠행조는 긴장한 채 어둠 속으로 발을 옮겼다.

이강이 말했다.

"그나마 잘 쓰던 환도도 없군."

잠행조가 물속으로 뛰어들면서 무거운 환도를 버렸기 때문에 망자가 나온다면 이제 적수공권(赤手空拳)으로 상대해야 했다.

게다가 무명을 제외한 잠행조는 산공독 기운 탓에 내공도 쓸 수 없지 않은가?

다들 신경이 날카로워졌다.

생사의 위기를 몇 번씩 거듭해서 넘겼는데 이제 와서 몇 안 되는 망자들에게 발목을 잡힌다고?

이강이 킬킬거리며 웃음을 터뜨렸다.

"다 된 밥에 재 빠뜨릴라, 크크크."

장청이 짜증을 내며 말했다.

"이강, 한마디만 더 하면 가만있지 않겠다."

"오호라, 얼굴 병신이랑 눈 병신이 싸움을 벌이면 불구경보다 재미있겠구나."

이강이 독혈에 맞아 얼굴에 크게 화상을 입은 장청을 조롱했다.

"…도저히 못 참겠군."

장청이 이강을 향해 스윽 몸을 돌렸다.

그때였다.

"잠깐! 조용히 해요."

송연화가 목소리를 낮추며 속삭였다.

"발소리가 들려요."

잠행조는 침을 꿀꺽 삼키며 어둠 속을 향해 귀를 기울였
다.

타타탓…….

그녀 말이 맞았다. 어둠 속에서 발소리가 들려왔다.

문제는 소리가 한 방향이 아니라 사방팔방에서 들려온다는
것이었다.

무명이 냉랭하게 말했다.

"포위됐군."

"……!"

잠행조는 사방에서 덤벼들 망자들을 상대하기 위해 서로
등을 맞대고 둥글게 모였다.

드디어 어둠을 뚫고 발소리의 주인들이 모습을 드러냈다.

그런데 그들은 야영터의 금위군도, 신체가 썩은 지 오래된
망자도 아니었다.

타타탓!

전신에 흑의를 걸친 무사들이 검을 들고 일사불란하게 움
직여서 잠행조를 포위했다.

그러나 무사들은 잠행조를 향하지 않고 등을 돌린 채 섰
다. 잠행조를 공격하려는 게 아니라 반대로 호위하는 진영이
었다.

이어서 그림자 하나가 어둠을 뚫고 훌쩍 날아와 잠행조 앞

에 내려섰다.

은사모를 써서 얼굴을 가린 기인이사.

바로 옥면서생 제갈성이었다.

"다들 무사했군."

제갈성이 신진 방파 무사들을 이끌고 잠행조를 구하기 위해 달려온 것이었다.

잠행조는 그제야 안도의 한숨을 내쉬었다. 하룻밤 동안의 기나긴 악몽이 정말로 끝났던 것이었다.

이강이 피식 웃으며 중얼거렸다.

"빨리도 나타나시는군."

그 말에 무명도 쓴웃음을 지었다.

사실 정말 위험한 순간은 모두 지나갔다. 그런데 탈출 작전이 끝난 뒤에야 제갈성과 무사들이 나타났으니, 반갑기보다는 허탈한 심정이 더욱 컸던 것이다.

제갈성이 말했다.

"어쩔 수 없었소. 무림맹이 금위군의 영역에 들어갈 수는 없으니까."

그의 말도 일리가 있었다.

무림이 함부로 관의 일에 끼어들었다가는 대역죄를 면하기 힘들었다. 관과 연을 맺어 금위군 총대장을 배출한 무당파와 현 무림맹은 입장이 달라도 너무 달랐다.

그런데도 이강은 조롱을 멈추지 않았다.

"황궁은 무당파가 쥐어 잡았고 영왕은 화산파가 틀어쥐었으니 무림맹이 할 수 있는 일은 아무것도 없겠지."

듣기에 따라서 당장 검을 뽑아도 이상하지 않은 말.

하지만 제갈성은 태연하게 답했다.

"맞소. 무림맹은 문파의 성세보다 중원의 안위를 지킬 것이오."

"흐음, 그러시든지."

문파의 이익보다 대의를 따르겠다는 말에 이강도 더는 딴지를 걸지 못하고 어깨를 으쓱할 뿐이었다.

창천칠조가 제갈성에게 포권지례를 올렸다.

"부맹주님!"

"모두 수고했다."

제갈성이 창천칠조를 한 명씩 번갈아 보다가 장청을 보며 말했다.

"부상이 심하구나. 의원을 준비하마."

"아닙니다. 그보다……."

장청이 그간의 일을 제갈성에게 보고했다. 특히 청성이 계략으로 창천칠조를 몰살시키려 한 부분은 몇 번씩 거듭하며 강조했다.

제갈성이 양미간을 구겼다.

"무당파가 그렇게 나왔다는 말이지?"

"청성은 같은 명문정파 상대로 의리를 저버렸습니다. 실로 음흉하기 짝이 없는 자입니다."

장청이 억지로 분을 참으며 대답했다.

그때 누군가가 피식 웃으며 말했다.

"같은 명문정파 상대로 의리? 그런 것도 있소?"

사람들은 반사적으로 이강에게 고개를 돌렸다.

그런데 목소리의 주인은 이강이 아니었다. 이강이 검지로
누군가를 가리켰다.

"내가 아니라 서생 놈이다."

뜻밖에도 장청의 말을 걸고넘어진 자는 이강이 아니라 무
명이었던 것이다.

장청이 무명을 무시하며 말했다.

"흑도 무리가 명문정파인끼리의 의리를 알 리가 없지."

"청성이 들으면 배꼽이 빠져라 웃겠군."

"뭐라고?"

"관과 연을 맺어 황궁에 세를 뻗친 무당파는 이번에 중원
무림까지 접수할 생각이었을 뿐이오. 청성이 잘못한 것은 없
소."

"네놈도 청성 때문에 죽을 뻔하지 않았나?"

"그게 뭐가 잘못이지?"

"그걸 말이라고……."

"청성은 그저 약자를 잡아먹으려 했소. 맹수가 사냥감에게
의리를 지킨다니, 지나가던 개가 웃을 소리로군."

"······."

무명이 그 말을 끝으로 몸을 돌렸다.

장청은 지나치게 담담한 무명의 말투가 오히려 오싹하게 느껴져서 더는 말을 꺼낼 수가 없었다.

4장.

혈풍가도(血風街道)

무명이 차갑게 한마디를 내뱉은 뒤 몸을 돌렸다.

그는 장청이 우스웠다.

명문정파 간의 의리? 세상에 어떤 맹수가 사냥감을 걱정한다는 말인가?

세상의 진리로 말하자면 강자는 먹고 약자는 먹히는 것이다. 또 하나의 강호의 법칙, 약육강식.

만약 그게 싫다면?

같은 맹수가 된다면 그만이다.

등을 돌린 무명의 뒷모습에서 설명할 수 없는 싸늘한 한기가 피어올랐다. 장청은 물론 누구도 더 이상 무명에게 말을 걸지 못했다.

무명은 무언가를 생각하며 조용히 들판을 걸어갔다. 그러다가 무심코 중얼거렸다.

"청성, 이 빚은 반드시 갚아주지."

이강이 무명의 중얼거림을 듣고 전음을 보냈다.

[나랑 똑같은 말을 하는군.]

[똑같은 말?]

[그래. 적월혈영은 빚을 갚는다. 내 입으로 말하긴 뭐하지만, 강호 물 좀 마셔봤으면 모르는 놈이 없는 말이다.]

[……!]

무명은 정신이 번쩍 들었다.

이강의 말이 옳았다. 방금 무심코 중얼거린 말은 이강이 평소 좌우명처럼 수없이 지껄이던 것이 아닌가.

상대에게 받은 것은 그대로 되돌려 준다. 그것이 은혜든 원한이든 간에.

무명은 자신이 이강처럼 냉혹한 악인이 된 것 같은 기분마저 들었다.

[알고 있소. 당신은 내게도 세 차례 빚을 갚겠다고 하지 않았소?]

[기억해라, 한 번 남았다. 빚 갚는 게 끝나면 네놈과 나는 아무 사이도 아냐.]

[물론이오. 강호제일악인과 연을 맺을 생각은 추호도 없소.]

[잘 생각했다, 후후후.]

둘의 대화는 그것으로 끝났다.

제갈성이 무사들에게 명령했다.

"인(人) 자 진영을 갖춰라."

"존명!"

무사들이 제갈성을 중심으로 해서 좌우로 길게 늘어섰다.

제갈성이 선두 꼭짓점에 서고 호위 무사들이 양옆을 방어하며 전진하는 쐐기모양 대형이었다. 또한 잠행조를 진영 가운데에 두어서 호위하는 것이 가능했다.

"최대한 소리를 죽이고 전진한다."

제갈성과 무사들은 잠행조를 호위하며 들판을 가로질렀다.

황궁 밑 지하도시에 잠행했다가 탈출한 뒤 금위군에게 사로잡혔던 잠행조 다섯 명, 장청, 당호, 남궁유, 송연화, 이강.

그들은 목숨이 걸린 숱한 위기를 넘겼다.

폭뢰가 설치된 관음보살상, 청성과 금위군의 강궁 사격, 느닷없이 발목을 잡은 화산쌍로, 그리고 주작호 전역에 창궐한 망자 떼까지.

청성의 술책에 걸려서 죽음을 면치 못할 뻔한 잠행조는 무명의 연이은 임기응변 덕분에 간신히 목숨을 건졌다.

실로 구사일생(九死一生)이 따로 없었다.

잠행조는 제갈성과 무사들의 호위를 받으며 망자지옥으로 변한 주작호를 떠났다.

잠행조는 무사들의 호위를 받으며 도심으로 돌아왔다.

그들은 제갈성이 마련한 안전가옥으로 향했다. 정영과 진문이 화산쌍로에게 당한 내상을 치유하고 있는 곳이었다.

이강과 창천칠조는 그곳에서 산공독을 해독하며 제갈성의 다음 명령을 기다릴 것이다.

반면 무명은 황궁에 입궁하기 위해 중도에 일행과 헤어졌다.

헤어지기 전에 무명이 이강에게 전음으로 물었다.

[하나 묻고 싶은 게 있소.]

[뭐냐?]

[이번 망자 사태는 태자와 영왕 중 하나가 벌인 짓이라고 추측하오. 당신은 어떻게 생각하시오?]

[글쎄다. 모르겠는데?]

[혹시 영왕의 생각을 읽은 것은 없소?]

[못 읽었다. 산공독 기운이 독해서 아직도 정신이 흐리멍덩하다.]

[일생에 도움이 안 되는 자로군.]

무명이 냉소하며 말하자 이강이 킬킬거리며 답했다.

[하필 그때 내가 남 생각을 못 읽었던 게 꽤 아쉬운 모양이구나.]

[그렇소. 개똥도 약에 쓰려면 없다더니.]

[크크크, 그거야 내 잘못이 아니지. 한데 네놈 말을 듣자니, 제갈성이 말한 황궁에 숨어들었다는 망자가 태자와 영왕 둘 중 하나라는 뜻이겠군.]

[······.]

무명은 입을 다물고 침음했다. 산공독에 중독되어 남의 생각을 못 읽는다지만 이강의 눈치는 역시 날카로웠다.

무명이 침묵을 깨고 물었다.

[어떻소? 영왕이 망자인 것처럼 보이오?]

[나야 모르지. 하지만 놈이 정말 망자라면 연기 한번 대단하군.]

[나도 동감이오.]

무명은 다시 한번 이강의 재빠른 눈치에 감탄했다.

[태자든 영왕이든 수많은 사람들 틈에서 망자인 걸 속이고 있다면 연기가 상당하다는 뜻이오. 구자개가 그랬듯이 말이오.]

그런데 이강이 뜻밖의 반문을 했다.

[꼭 그렇다고 볼 수는 없다.]

[그건 무슨 뜻이오?]

[이건 내 생각인데 말야, 혹시 망자 놈들은 정신이 오락가락하는 게 아닐까?]

[정신이 오락가락한다?]

[그래. 구자개의 경우를 봐라. 우리가 놈을 처음 만났을 때

는 정말 일개 개방 거지 같았다. 그런데 시간이 지나고 어느 순간 갑자기 망자로 돌변했지. 그게 다 연기였을까?]

[연기가 아니었다면……]

[구자개 놈이 망자인 건 분명해. 하지만 어떤 때는 망자가 됐다는 걸 스스로 잊어먹는 거지. 물론 혈선충의 조종은 계속 받고 있고 말야.]

[……!]

무명은 무심코 고개를 끄덕일 뻔하다가 간신히 평정심을 유지했다.

이강의 말은 확실히 그럴듯했다.

자신이 망자가 됐다는 사실을 깜빡 잊어먹고 행동할 때가 있다? 하지만 혈선충은 계속 그자의 언행과 심리를 조종하고 있다?

만약 그게 사실이라면 망자의 행동 중 많은 부분이 설명되리라.

[그게 가능하오?]

[다시 말하지만 나도 모른다.]

이강이 쓴웃음을 지으며 말했다.

[단지 흑랑성에서부터 쭉 봐왔더니 그런 생각이 들더군. 망자가 두 종류라는 건 네놈도 알겠지. 망자인 걸 속여서 산 사람과 전혀 구별 안 되는 놈. 산 사람을 보면 무작정 공격하는 혈귀.]

[물론 알고 있소.]

[그런데 어떤 놈들은 명확하게 구분이 안 되더란 말야? 게다가 혈귀한테 물렸다고 당장 망자가 되는 것도 아니고 시간이 걸리더라고.]

[…혈선충이 뇌를 조종하는 데 드는 시간이 사람마다 다르다는 뜻이오?]

[바로 그거다. 또 혈선충에게 완전히 혼백을 빼앗기느냐 아니냐도 사람마다 다른 것 같다.]

[혼백을 완전히 빼앗기면 혈귀가 되고, 혈선충과 자신을 동일시하면 구자개 같은 망자가 된다?]

[서생답게 정리 한번 잘하는구나.]

이강과의 대화는 충격적이었다.

그의 말에 따르면 망자는 크게 두 종류이나 확실히 구분하는 게 불가능했다. 그렇다면 큰 문제가 발생했다.

[누가 망자인지 색출해 내는 게 생각보다 힘들겠군.]

[나야 상관없지. 그건 머리 좋은 네놈과 제갈성 놈이 할 일이니까, 후후후.]

악인답게 철저히 이기적인 말.

하지만 무명은 이강을 탓할 수 없었다. 그는 애초에 강호제일악인이니까.

무명은 이강과의 대화를 끝내며 생각했다.

'제갈세가가 망자비서를 해석할 때까지 기다리고 있을 수

없다. 황궁에 돌아가서 가능한 한 망자의 비밀을 파헤쳐야 한다.'

그러나 황궁에 돌아간 자신의 앞에 생사의 위기가 기다리고 있다는 것을 무명은 꿈에서조차 알 수 없었다.

북경 도심에서 떨어진 북쪽 외곽에 한 기루가 있었다.

기루는 주변 거리에 사람들의 모습이 뜸할뿐더러 흙먼지가 자욱하게 날려서 모르는 자가 보면 삼류 기루로 착각할 정도였다.

그러나 실은 황궁의 고관대작이 아니면 들어갈 수 없는 비밀 기루였다.

기루의 높은 담벼락 너머에는 오 층짜리 건물이 우뚝 서 있었다. 건물 주위는 수풀이 우거져 있어서 외부 사람은 그 안에서 무슨 일이 벌어지는지 짐작할 수 없었다.

건물의 맨 위층에 있는 어느 방.

눈처럼 새하얀 백의를 걸치고 백건을 쓴 남자가 방 안을 거닐고 있었다.

그때 창문이 활짝 열리더니 인영 하나가 날아 들어왔다.

오 층 건물은 주위에 높은 건물이나 나무가 없었다. 그런데 인영은 마치 새가 날아온 것처럼 공중에서 창문을 넘어 등장한 것이었다.

남자가 기다렸다는 듯이 말했다.

"이제 왔느냐?"

"약속 시간에 늦지 않았을 텐데요?"

뜻밖에도 인영의 정체는 젊은 여인이었다.

여인은 눈매에 강한 안광이 서려 있는 것으로 보아 강호의 인물인 것 같았다.

그런데 여인이 다짜고짜 남자를 질책하는 것이었다.

"전하, 대체 무슨 생각이십니까?"

여인은 남자를 두고 전하라고 불렀다.

전하는 황족이나 황자, 또는 제후국의 왕에게 붙이는 호칭이다. 남자의 나이는 삼십 세 전후였고 이립(而立)을 넘지 않아 보이는 만큼, 나이 든 황족이나 제후일 리 없었다.

즉, 남자가 황제의 아들인 황자라는 뜻이었다.

황자가 태연자약하게 말했다.

"무슨 생각이라니?"

"몰라서 물으십니까? 대체 주작호에 망자는 왜 풀어줬죠?"

"뭐, 그냥. 청성 놈이 어떻게 대처하나 궁금했거든."

"그냥이라고요?"

여인의 아미가 심하게 꿈틀거렸다.

"그게 말이 됩니까? 무작정 망자를 움직이다가 모든 계획이 물거품이 될 수도 있다고요!"

여인이 심하게 몰아붙였지만 황자는 피식 웃으면서 대답했다.

"걱정 마라. 망자는 내 손에 완벽하게 통제되고 있으니까."

"허튼소리!"

여인이 고개를 획 돌렸다.

황자가 손을 들어 여인의 턱을 잡고 자기 쪽으로 돌리며 말했다.

"뭘 그리 화를 내느냐? 어차피 중원은 결국 망자 천지가 될 터인데 조금 일찍 된다고 해서 뭐가 달라지겠느냐? 크하하하!"

황자가 배를 잡고 웃음을 터뜨렸다.

여인이 기가 막히다는 얼굴로 한숨을 쉬었다.

"정말 못 말리겠군요. 제정신이 아니십니다."

"뭐라고? 중원 무림 놈들을 속이고 배신한 네년이 할 소리는 아니지! 크크크!"

황자는 한참 동안 쉬지 않고 광소를 터뜨렸다.

그러다가 갑자기 웃음을 멈추더니 냉랭한 목소리로 중얼거렸다.

"제길! 청성 놈이 망자가 되는 꼴을 보고 싶었는데."

"그 전에 먼저 황상의 자리에 오르는 게 중요해요. 황제가 되시면 그깟 무당파 놈쯤이야 무슨 문제겠습니까."

"그건 그렇지."

황자가 삐딱하게 고개를 치켜들며 물었다.

"그보다 망자비서는 아직 못 얻었느냐? 네년과 함께 다니는 애송이 놈들이 뭐라고 했지?"

"창천칠조입니다."

"그래, 창천칠조. 황궁 밑에 들어가 망자비서도 얻었겠다, 청성 놈의 술책에 말려들지 않고 도망도 쳤겠다. 강호의 새파란 애송이들이라고 하더니 제법 하는 놈들이었군."

"그게 아니라 다른 사정이 있습니다."

"아니야? 그럼 뭔데?"

"창천칠조는 두 명이 죽는 바람에 이제 저를 포함해서 다섯밖에 남지 않았죠. 크게 걱정할 인물들이 못 됩니다. 단지……."

"단지?"

"놈들과 함께 다니는 환관이 문제입니다."

"환관?"

황자가 사정을 깨달았다는 얼굴로 말했다.

"전에 황상의 총애를 받고 이번 황태후 행차에 동행한 부총관태감 말이냐?"

"네, 그놈이 진짜 우환거리예요."

여인의 두 눈이 어느새 싸늘하게 식어 있었다.

"무림맹이 청탁한 일을 환관 놈이 척척 해치우고 있어요. 소문만 돌던 망자비서를 찾아낸 것도 그놈입니다. 게다가 워낙 심계가 비상해서 처치 곤란한 자예요."

"뭐라고?"

황자는 어이가 없다는 듯 얼굴을 구겼다.

"이제 네년 무공이면 웬만한 문파 장문인 정도는 쉽게 꺾을 수 있지 않냐? 한데 고작 환관 놈 하나를 처리 못 한다고?"

"환관 옆에 이강이라는 흑도인 하나가 항상 붙어 다니는데, 놈의 무공이 상당해서 쉽게 기회를 잡기 힘듭니다."

"흑도인?"

"네. 두 눈이 없는 장님이긴 하나 무공 수위가 능히 강호 열 손가락 안에 드는 놈이에요."

"내 너에게 죽지 않는 신체를 주었는데 무엇이 문제냐?"

"이강은 좀 달라요. 무공도 고강하지만 환관만큼 교활한 놈입니다."

"흐음, 그러냐?"

황자가 잠시 무언가를 생각하더니 입을 열었다.

"그럼 이강이란 놈이 환관 곁에 없을 때 처리해야겠군?"

"맞아요. 한데 항상 붙어 다녀서 방법이 없다니까요?"

"방법이야 있지."

"그 말씀은……."

"내 한때 그 환관 놈의 환심을 사서 이용해 볼까 생각했었지만 관둬야겠군."

황자가 킬킬거리며 말을 이었다.

"황궁은 말야, 하룻밤 새에 사람이 몇 명 죽어나가도 쥐도 새도 모르는 곳이다."

여인은 잠깐 멍하니 황자를 쳐다보다가 곧 씨익 미소를 지었다.

"그것참 편리한 곳이군요."

"기대해라. 내가 황제의 자리에 오르면 네년이 그 옆에 앉을 것이다, 크하하하!"

황자와 여인이 서로 바싹 붙으며 얼굴을 가까이 했다.

쩌억! 둘은 턱이 빠져라 입을 벌렸다.

두 개의 어두운 목구멍 속에서 수백 다발의 혈선충이 꿈틀거리며 뻗어 나와 마구 뒤엉켰다.

쐐애애애액!

무명이 다시 황궁에 돌아온 것은 해가 뜨고 진시(辰時)가 막 끝나갈 무렵이었다.

실로 천신만고 끝의 귀환이었다. 황태후 행차의 수행원으로 황궁을 나선 게 불과 하루 전의 일인데 마치 한 달이 지난 것처럼 느껴질 정도였다.

그런 만큼 황궁에 도착하자 감회가 새로웠다.

무명은 목패를 보이고 북문을 통과했다.

그런데 북문을 지키는 금위군의 눈초리가 평소보다 더욱 딱딱하게 굳어 있었다.

무명은 안면이 있는 금위군 수장을 발견하고 슬쩍 말을 건넸다.

"황궁 분위기가 어떻소?"

"말도 못 하오. 역적 무리가 황태후 행차를 공격한 일로 난리가 났소."

"태후마마와 영왕 전하는 무사히 입궁하셨소?"

"물론이오. 어젯밤에 총대장님이 행차를 물리고 돌아오셨소. 실로 천만다행이었소."

황태후 행차가 관음보살상과 거마차를 대동하느라 속도가 느려서 반나절이 걸렸을 뿐, 황궁에서 주작호까지의 거리는 지척이나 다름없었다.

즉, 황궁에서 얼마 떨어지지 않은 곳에 역적 무리가 나타난 셈이었다.

황궁이 발칵 뒤집어진 것도 당연했다.

역적 무리가 실은 되살아난 시체인 망자 떼였다는 사실이 알려졌다면 황궁은 공포의 도가니에 빠졌으리라. 하지만 청성이 입막음을 철저히 했는지 아직 망자 떼에 대한 소문은 퍼지지 않은 것 같았다.

"근데 부총관태감도 행차에 동행하지 않았소?"

"그랬소."

"그럼 왜 지금 혼자서 입궁을?"

"그럴 만한 사정이 있었소. 자리를 지키지 않고 도망친 것은 아니니 염려 마시오."

"알겠소……."

금위군 수장은 미심쩍은 듯 말을 흐렸으나 깊이 의심하는 눈치는 아니었다.

무명은 북문을 떠나 처소로 향했다.

처소에 도착해서 피곤한 몸을 침상에 누이려는데 밖에서 인기척이 들렸다. 무명이 한숨을 쉬며 말했다.

"왕직인가?"

무명이 황궁에 나타나자마자 진시부터 처소에 오는 것을 보면 왕직은 소식을 전달받는 염탐꾼이 있는 게 틀림없었다.

무명은 부쩍 의심이 들었다.

왕직은 떡고물에 환장한 아첨꾼에 불과한 것일까? 그게 아니면…….

그런데 뜻밖에도 모습을 드러낸 자는 왕직이 아니었다.

"장 공공, 대체 언제 돌아오셨습니까?"

그는 무명의 개인 시종인 소행자였다.

"이른 아침부터 웬일이냐?"

"지금 이러실 때가 아닙니다! 수로공께서 태상조례를 여셨다고요!"

"태상조례를?"

무명이 깜짝 놀라서 물었다.

각 부처의 환관들은 매일 아침 모여서 수장에게 그날 할 일을 보고하는데 이 절차를 조례라고 불렀다.

하지만 실제 직위가 높은 환관이 조례에 참석하는 일은 거의 없었다.

무명 역시 부총관태감에 오른 뒤부터 왕직을 비롯한 아래 환관에게 은자를 쥐어주며 실무를 떠넘겼었다.

그러나 태상조례는 경우가 달랐다.

태상조례(太上朝禮)는 모든 환관들이 모여서 큰일을 회의해야 할 때만 열렸다.

사례감의 총관태감인 수로공은 환관의 수장이나 다름없었다. 그가 태상조례를 열었으니 십이감(十二監), 사사(四司), 팔국(八局)의 수장과 부장 환관들은 한 명도 빠짐없이 정해진 시각에 한자리에 모여야 했다.

이는 예외란 없으며, 만약 불참할 경우 직위를 해제당하고 황궁에서 쫓겨날 수도 있었다.

즉, 환관들에게 비상사태가 선포된 셈이었다.

"수로공이 갑자기 태상조례를 여신 이유가 뭐냐?"

"그걸 제가 어찌 알겠습니까? 곧 사시(巳時)입니다. 서두르셔야 됩니다!"

소행자가 대답하리라고는 생각하지 않았다.

대강의 사정은 짐작되었다. 황궁 근처에 역적 무리가 출몰해서 황태후 행차가 급히 피신했으니 환관 조직도 발칵 뒤집어진 게 틀림없었다.

무명은 소행자의 도움을 받아 헐레벌떡 관복으로 갈아입은 뒤 처소를 떠났다.

그런데 태상조례에는 무명이 미처 짐작하지 못했던 흉계가 숨어 있었다.

무명은 황급히 내서당으로 향했다.

내서당은 환관을 가르치는 교육기관이다. 하지만 환관의 수가 너무 많아 모든 환관이 내서당에서 교육을 받지는 못했다. 때문에 내서당을 나온 환관들은 특별 대우를 받았다.

당금 황궁은 내서당 출신 환관들이 권력을 틀어쥐고 있다고 해도 과언이 아니었다.

동창의 우수전도 그중 하나이리라.

내서당은 황궁 외성의 북동쪽 깊숙한 곳에 자리하고 있었다.

무명이 내서당에 도착했을 때는 이미 각 부처에서 온 십여 명의 환관들이 모여서 시끄럽게 떠들고 있었다.

그중에는 왕직도 있었다.

"장 공공, 오셨습니까!"

왕직은 태상조례에 참석할 직위는 아니나 수로공의 수하로서 와 있는 것 같았다.

"이게 무슨 변고란 말입니까? 황태후마마 행차가 도중에 돌아오다니요!"

오지랖이 넓은 그도 황태후 행차에 대한 진실은 아직 모르는 듯 보였다.

하지만 아니나 다를까, 왕직이 슬쩍 고개를 가까이 하며 속
삭였다.

"밤중에 입궁한 금위군의 숫자가 크게 줄어 있었습니다."

왕직의 정보망은 역시 우습게 볼 게 아니었다. 그는 망자
떼가 출몰한 사실은 모르지만 금위군의 동태는 훤히 꿰고 있
었다.

"이번 일은 깊이 캐지 말게. 알면 알수록 위험하니까."

"예에……."

무명은 나름 왕직을 생각해서 충고했지만 그는 마뜩잖은
표정으로 고개를 조아렸다.

곧 내서당에 수십 명의 환관들이 모였다.

그들은 이번에 윗사람에게 바친 뇌물과 어젯밤 벌인 도박
판 얘기 등으로 정신이 없었다.

뇌물을 바쳐서 권력에 빌붙는다. 또 힘없는 자들에게 권력
을 휘둘러서 재물을 짜낸다.

무명은 쓴웃음이 나왔다.

강호의 안위는 무시한 채 힘과 금전을 좇는 작금의 명문정
파와 눈앞의 환관들이 무엇이 다르다는 말인가?

그때 수로공이 수하를 거느리고 내서당에 도착했다.

수십 명의 환관들이 일제히 고개를 조아렸다.

"총관태감님 오셨습니까."

방금 전만 해도 바쁜데 태상조례를 열었다며 불평하던 환

관들은 어느새 안면을 싹 바꾸고 미소를 지었다.

반면 수로공의 얼굴은 여느 때처럼 어둡고 음침했다.

수로공이 내서당 건물 돌층계를 올라간 뒤 몸을 돌리고 잠시 환관들을 지그시 응시했다. 환관들은 그의 진의를 알 수 없어서 불안한 심정으로 침을 꿀꺽 삼켰다.

수로공의 시선이 어떤 자에게서 멈췄다.

바로 무명이었다.

"장량은 영왕 전하의 명을 들어라."

환관들이 깜짝 놀라며 무명을 쳐다봤다.

무명이 무릎을 꿇고 엎드리며 바닥에 고개를 조아렸다.

"장량이 영왕 전하의 명을 받습니다."

"지난밤 장량이 태후마마와 영왕 전하께 큰 충심을 보였다. 이에 영왕 전하가 상을 내리셨다."

수로공이 고개를 까닥거리자 수하 환관이 무명 앞으로 와서 황금색 보자기로 싼 물건을 내려놓았다.

"은자 삼백 냥이다."

"성은이 망극하옵니다."

무명은 고개를 조아린 채 생각했다.

'영왕이 황제 자리를 단단히 노리고 있군.'

그는 영왕이 망자인지 아닌지를 떠나서 대단하다고 생각했다. 어젯밤 다급히 피신한 영왕은 황궁에 돌아와서 정신을 차리자 아랫사람 챙기기를 빼먹지 않았던 것이다.

그러나 무명은 영왕이 실수했다고 여겼다.

'환관 하나 자기 편으로 끌어들이느니 어젯밤 정신을 차려야 했다.'

환관 장량을 포섭하는 것보다 백운의 손을 내어주어 청성의 마음을 잃은 게 영왕에게 더욱 큰 손해라는 것은 누가 봐도 뻔했다.

결국 영왕의 처사는 소 잃고 외양간 고치기였다.

하지만 영왕이 망자라서 그 모든 게 연기였다면?

그게 아니면 이강이 한 말처럼 영왕이 정신이 오락가락하는 망자란 말인가?

무명은 푹 한숨을 쉰 다음 몸을 일으켰다.

'도무지 알 수가 없군.'

수로공이 말을 계속했다.

"영왕 전하께서 어젯밤 네가 돌아오지 않은 죄는 묻지 말라 하셨으니 그리하겠다. 하지만 이후 한 번 더 그런 일이 생기면 내가 친히 죄를 물을 것이다."

"명심하겠습니다."

수로공은 안 그래도 음침한 얼굴을 더욱 찌푸렸다. 무명의 행동이 마음에 안 들지만 영왕 때문에 어찌할 수 없어서 그러는 것이리라.

"또한 장량은 사례감의 다른 곳으로 소속을 옮긴다."

"명을 받들겠습니다."

무명은 고개를 조아리며 생각했다. 또 벼락출세인가?

그런데 수로공의 다음 말은 전혀 생각지도 못한 것이었다.

"새 소속은 병필부다."

"……!"

무명이 깜짝 놀라서 고개를 들었다.

다른 환관들도 놀란 얼굴로 서로를 쳐다보며 웅성거렸다.

사례감의 병필부는 중원 관리들의 역모와 비리를 조사하고 심문하는 곳이다.

하지만 사람들은 병필부를 다른 이름으로 불렀다.

동창(東廠).

중원의 관리들은 동창에게 잘 보이기 위해 해마다 뇌물을 바쳤다. 산더미처럼 뇌물이 쌓이는 것은 물론, 황제의 오른팔이라는 지위까지 가진 동창은 위세가 하늘을 찔렀다.

즉, 동창 소속이 된다는 것은 환관으로서 최고의 지위에 오른다는 뜻이었다.

말 그대로 벼락출세.

다른 환관들이 놀라움 반 부러움 반의 시선으로 무명을 연신 흘깃거렸다.

그러나 무명의 눈빛은 얼음처럼 차가웠다.

'분명 무언가 흉계가 있다.'

그때였다.

스으윽.

내서당 안쪽의 어두운 그늘에서 두 명의 인영이 모습을 드러냈다.

환관들은 어리둥절한 눈으로 고개를 갸웃했다. 태상조례가 열리는 지금, 지위가 낮은 환관이나 궁녀는 함부로 내서당에 발을 들일 수 없었다. 또한 건물 저편에는 어떤 소리나 인기척도 없었다.

그렇다면 두 인영은 갑자기 어디에서 나타났다는 말인가?

인영 중 하나가 수로공을 향해 포권지례를 올렸다.

"수로공, 우수전이 인사 올립니다."

그는 다름 아닌 동창의 우수전이었다.

갑자기 나타난 인영이 동창이라는 것을 깨닫자 환관들은 뜨악한 표정으로 시선을 돌리며 고개를 내렸다.

그들의 심정은 동일했다.

오늘 무슨 일인지 몰라도 단단히 잘못됐군. 제발 나는 걸리지 말고 지나가길!

수로공이 음침한 목소리로 말했다.

"모두 모였으니 말하라."

"감사합니다."

지위만 보자면 수로공은 우수전의 상전이었다.

하지만 수로공도 동창의 우수전에게는 말을 쉽게 하지 못했다. 동창의 위세가 어느 정도인지 실감할 수 있는 장면이었다.

무명은 흉계를 꾸민 장본인을 알아차렸다.

'우수전, 당신이었군.'

애초에 수로공에게 부탁하여 태상조례를 연 것도 우수전이
리라.

아니, 우수전의 입김이 영왕에게까지 닿았을지도 모르는 일
이었다. 그는 영왕에게 어젯밤 일을 상기시킨 다음 무명에게
상을 내리도록 꾸몄다. 그리고 수로공에게 언질을 줘 무명을
병필부 휘하로 오게 만들었다.

부총관태감이 꽤 높은 지위이긴 하나 동창의 우수전에게는
한낱 환관에 불과했다.

우수전이 무명의 목줄기를 한 손에 틀어쥔 셈이었다.

그가 돌층계 위에서 수십 명의 환관을 한 차례 둘러봤다.
그의 시선이 마지막으로 꽂힌 곳은 물론 무명이었다.

우수전이 환관 특유의 낭랑한 목소리로 말했다.

"요 몇 년 사이 황궁에서 연이어 실종 사건이 벌어졌다는
건 모두 잘 알 것이다."

'실종 사건?'

무명은 우수전의 눈길을 피하며 쓴웃음을 지었다.

'황궁에서 밤마다 사람이 하나둘 죽어나가는 게 하루 이틀
얘기가 아닌데 무슨 소리지?'

무명은 우수전의 속셈을 알 수 없었다.

불과 얼마 전만 해도 무명은 정혜귀비의 성 노리개가 되어
목숨이 달아날 뻔하지 않았던가?

청일이 사라지고 내원이 불탄 이후 다행히 귀비는 무명을 찾지 않았다.

하지만 귀비가 변태 행각을 멈췄을 리는 없었다. 아마도 귀비는 무명 말고 다른 노리갯감을 찾았을 게 틀림없었다.

즉, 그간 정혜귀비의 손에 죽은 환관만 해도 몇 명은 족히 넘으리라.

그런 참에 우수전이 실종 사건을 운운하자 무명은 비웃음이 나왔던 것이다.

그런데 우수전의 말이 무명을 다시 한번 놀라게 했다.

"몇 개월 전에도 환관 곽평이 감쪽같이 모습을 감췄다."

"······."

무명은 표정이 흐트러지지 않게 조심했다.

설마 우수전이 불가의 방에서 망자가 되어 있던 곽평의 일을 안다는 말인가?

다행히 그건 아니었다.

"곽평 말고도 환관이 세 명, 궁녀가 두 명 사라졌다. 또 금위군 한 명이 모습을 감춘 것으로 알고 있다."

무명은 우수전이 곽평 일을 추궁하지 않자 안도했다.

그러나 위기는 이제부터 시작이었다.

우수전이 말했다.

"병필부에 처음 온 장 공공에게 이 사건을 맡기겠소."

우수전이 낭랑한 목소리로 말했다.

"특히 금위군이 실종된 사실은 이 자리를 벗어나면 절대 입에 담아서는 안 된다."

"명심하겠습니다."

환관들이 고개를 조아리며 대답했다.

우수전의 목소리는 담담했지만 그 속에 담긴 뜻은 분명했다. 함부로 발설한 자는 목이 떨어질 것이니 입을 조심하라.

이어서 우수전이 무명을 보며 말했다.

"이 사건은 장 공공에게 맡기겠소."

"……!"

무명은 침을 꿀꺽 삼켰다.

우수전이 곽평 일을 추궁하지 않자 다행이라 여긴 것은 착각이었다. 그는 곽평 일은 모르는 눈치였으나 따로 속셈이 있었던 것이다.

"병필부에 처음 왔으니 사건을 잘 해결해 보시오."

"…명을 받들겠습니다."

무명이 고개를 조아리며 대답했다.

우수전이 함께 온 환관을 무명에게 소개했다.

"이자는 병필부의 주국성이라 하오. 국성, 장 공공을 도와서 일을 해결하라."

"처음 뵙겠습니다, 장 공공. 주국성이라 하옵니다."

"장량이라 하오."

무명과 주국성이 서로 포권지례를 하며 인사했다.

둘의 인사가 끝나자 수로공이 말했다.

"어젯밤 일은 모두 들어서 알 것이다. 다들 단단히 정신 차리고 움직여라."

"명심하겠습니다."

환관들이 일제히 외쳤다.

수로공은 그 말을 끝으로 자리를 떴다. 우수전도 수로공을 따라 가버렸다.

둘이 사라지자 환관들도 주섬주섬 몸을 돌렸다.

그들은 고개를 흔들며 숙덕거렸다.

"태상조례라고 해서 큰일이 난 줄 알았는데 고작 이게 다인가?"

"그러게 말야. 이럴 거면 왜 부른 거지?"

"말조심들 하게. 어젯밤 일을 잊었나? 황궁 근처에 역적 무리가 나타났으니 누가 역모에 관련 있다고 잡혀도 모르네."

"당분간 황궁에 피바람이 불겠군."

환관들은 얼굴에 수심이 가득 찼지만 태상조례가 무사히 끝난 것을 다행으로 여기며 뿔뿔이 흩어졌다.

사람들이 가버린 내서당 앞에는 두 인영만이 남아 있었다.

바로 무명과 주국성이었다.

주국성이 손을 앞으로 하며 말했다.

"장 공공, 가시지요?"

"그럽시다."

무명은 주국성을 따라 병필부로 걸음을 옮겼다.

병필부는 원래 사례감에 소속되어 있었다. 하지만 황제 직속의 정보기관인 동창으로 성격이 변하자 사례감과는 자연히 거리가 멀어지게 되었다.

지금 병필부는 사례감과 아예 다른 건물을 쓰고 있었다.

주국성이 무명을 병필부로 안내했다.

"이쪽입니다."

그는 내서당을 빙 돌아간 다음 수풀이 우거진 화원을 가로질렀다.

안 그래도 내서당이 황궁 외성의 북동쪽에 자리하고 있는데 병필부는 그보다 더욱 깊숙한 곳까지 들어가야 했다.

무명은 기억을 잃고 깨어난 이후 황궁의 가장 구석진 곳으로 가는 듯한 기분마저 들었다.

주국성은 산책을 나온 자처럼 여유롭게 걷고 있었다.

하지만 무명은 그가 상당한 무공 고수라는 것을 직감했다.

화원은 예전 수복화원처럼 관리가 잘 안 되어서 수풀이 무성하고 흙먼지가 바람에 흩날렸다. 그런데 주국성이 발을 딛는 자리에는 흙먼지가 조금도 일지 않는 것이었다.

스스슥.

마치 구름 위를 걷는 듯한 걸음걸이.

게다가 주국성은 우수전과 함께 아무 기척도 없이 태상조례에 나타나지 않았던가?

무명은 그의 얼굴을 흘깃 살피며 생각했다.

'우수전의 오른팔인 자이니 무공 고수일 게 뻔하다.'

또한 주국성은 복장이 화려하기 그지없었다.

그는 머리에 엷게 깎은 청색 옥을 박아 장식한 관모를 쓰고 금실과 홍실을 섞어 용 문양을 수놓은 관복을 걸치고 있었다. 허리에 두른 혁대는 금박을 입혀서 연신 햇빛을 번쩍거리며 반사했다.

우수전을 처음 볼 때는 황태후가 있는 거마차 안이라 복장을 신경 쓸 겨를이 없었다.

그런데 지금 여유를 두고 살핀 주국성의 면모는 태자나 영왕 못지않았다.

'동창이 얼마나 돈이 많은지 자랑하려는 것인가?'

무명이 쓴웃음을 짓고 있을 때, 주국성이 말을 걸었다.

"황궁에 출입하는 사람은 고관대작을 제외하면 세 부류죠. 금위군, 궁녀, 그리고 우리 같은 환관입니다."

너무 당연한 얘기라 무명은 대꾸하지 않고 듣기만 했다.

"황궁은 사람들이 많이 죽어나가는 곳입니다. 문제는 이번에 수사하는 사건은 죽은 자가 아무도 없다는 것입니다."

"시신을 찾지 못했다는 말이오?"

"그렇습니다."

주국성이 피식 웃으며 말했다.

"어느 날 갑자기 사라졌으니까요. 아니, 언제 사라졌는지도 실은 확실하지 않습니다."

무명은 어떤 사정인지 알아차렸다.

"당일 출석하지 않아 찾으니까 모습을 감추었다. 그리고 며칠 동안 아무리 찾아도 감쪽같이 자취를 감춘 채 사라졌다. 그런 얘기요?"

"맞습니다. 우 공공이 장 공공을 추천하신 이유를 잘 알겠군요."

"과찬이오."

주국성이 얘기를 계속했다.

아침 진시가 되었는데도 자리에 없는 자가 생기면 관리가 금위군과 의원을 대동하고 처소로 간다. 황궁에서 함부로 출석하지 않는 자가 나올 리 없으니, 갑작스러운 병환으로 일어나지 못하는 경우가 많기 때문이다.

그러나 황궁 실종 사건은 사정이 달랐다.

일단 실종된 자는 처소에 없었다. 또 모든 물건과 가구가 제자리에 있으며, 금품은 물론 없어진 물건이 아무것도 없었다.

"문제는 사람이 드나든 흔적조차 없다는 것이었죠."

사람이 집에 출입하면 발자국이 남는다. 침상에 앉으면 이불이 미묘하게 흐트러지고, 옷장을 열면 먼지가 쌓이지 않고 쓸려 나간다.

그런데 실종자의 처소에는 아무 흔적도 발견되지 않았던 것이다.

마치 실종자가 원래 귀신이었던 것처럼.

사라진 물건도, 사람이 드나든 흔적도 없으니 증거가 남아 있을 리 없었다.

주국성의 입꼬리가 양옆으로 말려 올라갔다.

"흥미롭지 않습니까? 대체 하룻밤 안에 어디로 사라졌다는 말입니까?"

"……."

무명은 대꾸하지 않고 걸음을 계속했다.

몇 개월 사이에 육칠 명의 사람이 실종된 괴사건.

그런데 주국성은 실종 사건을 얘기하면서 새 장난감을 얻은 어린애처럼 두 눈을 반짝이며 흥분을 감추지 못하는 것이었다.

사건도, 주국성의 성정도 괴이하기 짝이 없었다.

"범인이 누군지 몰라도 정말 신출귀몰한 놈입니다."

그가 입가를 혀로 날름거리며 핥았다.

"실종 사건은 외성에서만 있었습니다. 당연한 일이지요."

무명도 그 말에는 고개를 끄덕였다.

황궁 외성은 황제가 머무는 내성과 달리 금위군의 경비가 비교적 허술해서 실종 사건 같은 기사가 일어나는 것도 무리가 아니었다.

"반면 쥐새끼 한 마리 드나들 수 없는 내성에서는 아무 일도 없었습니다."

"그럼 용의자의 범위를 줄이기도 쉽지 않겠소?"

"꼭 그렇지는 않습니다."

주국성이 고개를 젓더니 뜻밖의 말을 꺼냈다.

"실은 오래전부터 도성 안에 떠도는 소문이 있습니다."

"도성 안의 소문?"

"예. 십 년도 더 된 소문입니다."

주국성의 두 눈이 다시 반짝거리기 시작했다.

"보름달이 뜨는 밤이면 환관 복장을 한 괴인(怪人)이 나타나 사람들을 납치한다는 소문입니다."

"환관 복장을 한 괴인이라……."

긴장하며 얘기를 듣던 무명은 기분이 심드렁해졌다.

소문이 너무 허황되었기 때문이다.

하지만 주국성의 얼굴은 진지했다.

"게다가 실종된 자들의 면면이 하나같이 대단합니다."

"어떤 자들이길래?"

"강호 모 문파의 원로 고수, 모 유명세가의 소공자, 고급 기루에서 사내들의 인기를 한 몸에 받던 기녀 등등. 마치 유명 인사만 일부러 골라서 납치한 것 같지 않습니까?"

"흐음."

"어떻게 생각하십니까? 장 공공의 고견을 들려주십시오."

무명은 잠깐 뜸을 들이다가 단호하게 말했다.

"헛소문이오."

"환관 괴담이 헛소문?"

"그렇소."

"동창에서 공들여 조사한 내용을 헛소문으로 간주하시다니, 이유가 무엇입니까?"

갑자기 주국성의 눈매가 날카로워졌다.

무명이 손가락을 차례로 접으면서 말했다.

"첫째, 사람을 납치하는 괴인이 일부러 눈에 띄는 복장을 걸칠 리 없소."

"…말은 되는군요."

"둘째, 사람들은 환관을 멸시하오."

"멸시한다고요?"

"그렇소. 사람들은 황궁에 들어가기 위해 양물을 잘라서 사내도 여인도 아닌 몸이 된 환관을 경멸하오."

"감히 누가 말입니까? 저는 한 번도 본 적이 없는데요?"

"주 공공은 병필부 소속 환관이니, 꽤 고위직이라고 할 수 있소. 앞에서 대놓고 멸시하진 못해도 뒤로 돌아서는 순간 험담을 내뱉었을 것이오."

"잘 기억해 둬야겠군요."

무명의 설명이 계속됐다.

"정체불명의 괴인은 신분을 숨기려고 관복을 걸쳤을 것이오. 아니면 그와 비슷한 복장이든지. 평소 환관을 멸시하던 사람들은 관복으로 위장한 괴인을 보고 환관이라고 낙인찍은 것이오."

"확실히 일리 있는 말씀이군요."

"셋째, 강호는 풍파가 심한 곳이오. 유명한 문파나 세가의 후기지수라면 친우도 많을 것이나 그만큼 노리는 자들도 많소. 괴인의 습격을 자주 받는 게 당연하오."

"과연 그렇군요."

주국성이 눈빛을 반짝이며 대꾸했다.

"즉, 환관 괴담은 환관을 꺼리는 사람들이 지어낸 헛소문에 불과하오."

무명은 그것으로 뜬소문을 일축했다.

그런데 주국성이 입술 밖으로 혀를 날름거리며 말하는 것이었다.

"한데 괴이한 일이 하나 있습니다."

"무엇이오?"

"황궁에서 사람들이 실종된 날은 모두 보름달이 떴다는 사실을 알고 계십니까?"

"……!"

무명은 깜짝 놀라서 잠시 할 말을 잃었다.

주국성이 무명을 추궁하는 것처럼 말을 계속했다.

"지난 육 개월간 환관이 셋, 궁녀가 둘, 금위군이 하나 사라졌습니다. 모두 보름달이 뜨던 날이었지요."

"……"

"환관 괴담이 헛소문이 아니라는 이유는 세 가지입니다."

이번에는 주국성이 무명처럼 손가락을 접으며 말했다.

"첫째, 괴인이 환관이라면 추격자들을 따돌리는 게 용이합니다. 황궁에 들어가 버리면 중원의 어떤 문파나 세가가 감히 괴인을 뒤쫓는단 말입니까?"

무명은 자기도 모르게 고개를 끄덕였다. 주국성의 말이 일리가 있었던 것이다.

"둘째, 괴인이 환관인지는 확실히 알 수 없습니다. 하지만 일부러 환관 복장을 하는 것을 보면 황궁과 연줄이 있는 자가 아닐까요?"

이번에도 무명은 반론을 할 수 없었다.

"셋째, 지난 육 개월간 도성에서는 환관 괴인에게 납치되었다는 자가 한 명도 나오지 않았습니다. 즉, 괴인은 보름달이 뜨던 날 황궁에서만 일을 벌였다는 뜻입니다."

그의 말은 논리정연하여 어느 한 곳 흠잡을 데가 없었다.

"여섯 번의 보름달과 여섯 구의 시체. 과연 환관 괴인은 누구일까요?"

주국성이 재차 혀를 날름거리며 입술을 핥았다.

무명은 그의 입가를 유심히 살폈다.

'혹시 이자의 입속에 혈선충이?'

하지만 그의 혓바닥은 혈선충처럼 보이지 않고 평범했다.

망자는 아니라는 뜻이었다. 심사가 꼬이거나 상대를 비꼬는 말을 할 때마다 혀를 날름거리는 것은 무의식중에 나오는 버릇 같았다.

보면 볼수록 기분 나쁜 면상이었다.

무명이 논리가 어긋난 부분을 지적했다.

"지금 여섯 구의 시체라고 했소?"

"네. 그런데요?"

"그 말은 틀렸소. 여섯 명은 단지 실종되었을 뿐, 죽었는지 살아 있는지 여부는 알 수 없소."

"흐흐흐, 아실 만한 분이 왜 이러십니까?"

주국성이 혀를 날름거리며 웃었다.

"괴인이 납치한 자들은 감쪽같이 사라진 뒤 아무도 다시 세상에 나오지 못했습니다. 그들이 몇 년을 지난 지금, 어딘가에 살아 있다고요? 설마요."

"정말 그렇게 생각하오?"

"예. 환관 놈은 분명 사람을 납치하자마자 죽였을 겁니다. 천하의 악인이죠."

"……!"

순간 무명의 머릿속에서 천둥 벼락이 쳤다.

무명은 뭔가 까맣게 잊고 있던 사실이 있다는 걸 깨달았다.

'그게 뭐지?'

하지만 좀처럼 기억이 나지 않았다. 당연했다. 자신은 지금 과거의 기억을 잃은 몸이 아닌가?

그런데 느낌이 이상했다.

지금 뇌리를 스쳐 지나간 생각은 과거의 기억이 아니었다. 즉, 기관진식 방에서 눈을 뜬 뒤에 누군가에게 들었던 얘기였다.

'대체 방금 떠오른 생각이 뭐였지?'

무명이 골똘히 생각에 잠겨 있자 주국성이 양미간을 찡그리며 말했다.

"장 공공? 왜 그러십니까?"

그때였다.

무명의 뇌리에 이강의 목소리가 떠올랐다.

'거한 놈은 사대악인이 아니다. 마지막 사대악인은 황궁에 있다. 바로 네놈처럼 환관이다.'

무명은 지하 도시에서 탈출하던 때가 기억났다.

당시 무명과 사대악인은 불가의 방에서 탈출한 뒤 환관 곽평의 처소로 나왔다. 그리고 관복을 걸치고 환관으로 가장한 채 북문으로 향했다.

무명은 잃어버린 기억을 찾기 위해 황궁에 남기로 했지만, 이강은 거한을 희생양 삼아 금위군을 따돌리고 북문을 통과했다.

그때 이강은 무명이 기관진식 방을 세 개 돌파한 것을 두고 세 번의 빚을 졌다고 했다.

그가 빚 한 번을 갚겠다며 한 말이 있었다.

'사대악인의 마지막 놈은 네놈처럼 환관이다.'
'놈의 얼굴은 아무도 모른다. 그러니 사대악인이랍시며 엉뚱한 거한 놈을 잡아 왔지.'

특히 마지막 말이 가장 놀라웠다

'사대악인 환관에게 가짜 환관이라는 네 비밀을 들키지 마라.'
'들킬 경우 너는 놈에게 죽는다.'

목소리에 웃음기가 섞여 있지 않던 것으로 보아 이강의 경고는 진짜였다.

그리고 지금 주국성이 한 말.
'환관 괴인 놈은 천하의 악인입니다.'

천하의 악인. 강호 사대악인(四大惡人)과 무엇이 다른가? 때문에 주국성의 말을 듣자 그간 잊고 있었던 이강의 경고가 무의식중에 떠올랐던 것이다.

무명이 잠자코 있자 주국성이 말을 걸었다.

"장 공공, 괴인에 대한 실마리라도 생각난 것입니까?"

정곡을 찌르는 말.

"잠시 딴생각이 났을 뿐 별것 아니오."

무명은 짐짓 태연함을 가장하며 대답했다.

"괴인의 용모파기는 만들었소?"

용모파기(容貌疤記)는 범인을 목격한 자들에게 얘기를 듣고 용모와 특징을 기록한 것이다.

"지금 말씀드린 게 전부입니다."

"그럼 초상화는?"

특히 용모파기에는 화원이 그린 초상화가 중요했다. 범인의 얼굴을 보고 용의자를 체포할 수 있기 때문이다.

이번에도 주국성은 고개를 저었다.

"초상화도 없습니다. 환관 복장을 한 괴인이 어둠을 틈타 동에 번쩍 서에 번쩍하는 소문만 있을 뿐, 얼굴을 본 자가 아무도 없으니까요."

"증거도 실마리도 없다. 단지 환관 차림의 괴인이 보름달이 뜨는 밤이면 나타나서 사람들을 납치한다?"

무명이 피식 웃으며 말했다.

"대도시라면 어디에나 하나둘 있는 괴담일 뿐이오."

무명은 다시 한번 소문을 일축했다.

그는 환관 괴인이 혹시 사대악인일지 모른다고 생각했다. 하지만 우수전의 오른팔인 주국성에게 자신의 생각을 들키는 게 우려되었던 것이다.

무명이 몇 번을 거듭해서 소문을 무시하자 주국성의 눈매가 날카롭게 변했다.

"혹시 잊으신 것 아닙니까?"

"무엇을 말이오?"

"저와 장 공공의 임무는 환관 괴인을 잡는 것입니다. 괴인이 없다면 억지로라도 만들어야지요."

주국성의 혀가 입술을 날름 핥았다.

"마침 오 일 뒤면 보름날이 되는군요. 보름달이 뜨고 환관 괴인이 황궁에 나타나면 반드시 붙잡을 것입니다. 어떤 미친 놈일지 상상만 해도 재밌군요, 흐흐흐."

그는 기분 나쁜 웃음을 흘리며 앞으로 걸어갔다.

무명은 주국성의 뒷모습을 보며 생각했다.

'환관 괴인이 미친놈이라고? 당신이 할 말은 아니군.'

차 한 잔 마실 시간이 지났을 때 드디어 화원이 끝났다.

화원 끝자락에 난 공터에 크지도 작지도 않은 건물 한 채가 우두커니 서 있었다.

주국성이 손을 내밀며 말했다.

"동창에 오신 것을 환영합니다."

무명은 주국성을 따라 동창 건물로 들어갔다.

'이곳이 병필부의 동창인가?'

중원의 관리들이 이름만 들어도 한겨울에 식은땀을 흘린다는 곳, 동창.

뜻밖에도 동창 건물은 그리 크지 않았다. 또한 처마의 높이가 낮아서 안에는 일 층과 이 층이 전부였다.

'악명과는 달리 건물은 검소하군.'

중원의 모든 뇌물이 흘러 들어온다는 동창은 모르는 이가 봤으면 청수한 서생들이 글 읽는 서당으로 착각할 정도였다.

그러나 동창에 발을 들이는 순간 무명은 생각을 바꿨다.

'음침하기 짝이 없는 곳이군.'

동창의 밖은 한낮으로 햇빛이 따가울 정도였으나 안에 들어오자마자 어두운 그늘이 곳곳에 드리워서 싸늘한 분위기를 자아내고 있었던 것이다.

특히 동창 안에서 일하고 있는 환관들이 눈에 띄었다.

복도를 오가던 그들은 무명과 주국성을 마주치면 허리를 깊이 숙여 예를 표했다.

하지만 환관 특유의 희멀건 얼굴에는 어떤 희로애락의 표정도 떠오르지 않았다. 단지 양쪽 입꼬리만 살짝 말려 있을 뿐, 흰 칠을 한 목각상이 걸어 다니고 있는 것 같았다.

동창 환관들의 입꼬리가 웃음기 없는 일(一)자가 아닌 게 다행일 정도였다.

'입가마저 딱딱했다면 망자 소굴이라고 해도 무방하겠군.'

그런데 기분을 가장 오싹하게 만드는 것은 따로 있었다.

으으으으……

벽과 바닥 틈새로 기이한 소리가 끊임없이 흐르고 있었던 것이다.

'신음 소리?'

과거 동창은 중원 각지에서 관리의 역모와 비리를 캐낸 다음 금위군과 연계하여 죄인을 잡아들였다. 그런데 세가 점점 커지자 금위군과 상관없이 동창이 홀로 움직이는 경우가 많아졌다.

우수전과 주국성이 무공 고수인 까닭도 그래서였다. 동창 환관이 스스로 사건을 수사하고 죄인을 잡기 위해서였다.

둘 말고도 동창 환관 중에는 강호 명문정파인에 버금가는 고수들이 즐비하리라.

직접 죄인을 잡아다가 심문하는 동창.

건물 지하의 어딘가에 고문방이 있다고 해도 이상하지 않았다.

무명은 절로 쓴웃음이 나왔다.

'벼락출세? 상이 아니라 벌을 받는 격이로군.'

주국성은 복도 끝에 있는 계단을 올라갔다.

이 층 복도는 일 층보다 더 음산한 기운이 감돌았다. 주국성은 긴 복도를 걸어서 맨 끝에 있는 방의 문을 열었다.

"들어가시지요. 여기가 우 공공의 방입니다."

동창의 수장 우수전의 방. 무명은 침을 꿀꺽 삼킨 뒤 방으로 걸어 들어갔다.

그런데 방에 들어서는 순간 깜짝 놀라고 말았다.

방은 온통 금도금이 된 가구와 옥을 깎아 만든 장식으로 가득 차 있어서 눈이 부실 만큼 번쩍거리는 모습이었던 것이다.

'건물 겉모습이 검소해 보였던 것은 사람들의 눈을 속이기 위해서인가?'

문득 영왕 별장에 도착한 날의 금위군 암호가 떠올랐다.

'양두구육, 표리부동.'

겉과 속이 다른 표리부동(表裏不同)한 동창.

우수전의 음흉한 성정과 딱 어울리는 곳이었다.

창가에는 화려한 복장을 한 인영이 등을 돌린 채 뒷짐을 지고 서 있었다.

"어서 오시오, 장 공공."

동창의 수장 우수전이었다. 그는 어느새 무명과 주국성을 앞질러서 먼저 동창에 와 있었던 것이다.

우수전이 몸을 돌리며 물었다.

"장 공공, 국성에게 얘기를 들은 소감은 어떻소?"

"소감?"

"최근 환관 괴인이 황궁에서 여섯 명을 잡아간 일 말이오."

"헛소문이오. 황상께서 계신 황궁에 괴인이 나타날 리 없지 않소?"

무명은 일언지하에 소문을 부정했다.

"흐음, 헛소문이라."

우수전은 고개를 한번 갸웃거리더니 방 한쪽을 돌아보며
말했다.

"들여보내라."

순간 평범한 벽인 줄 알았던 곳이 틈새가 갈라지며 천천히
열리는 것이 아닌가?

끼이이익.

벽을 가장한 비밀 문이었다. 동창은 그리 크지 않지만 곳
곳에 남의 눈을 속이기 위해 비밀 문이 설치되어 있었던 것이
다.

비밀 문에서 방으로 들어온 자는 뜻밖에도 궁녀였다.

무명은 우수전이 왜 자신을 주국성에게 맡기고 수로공을
따라갔는지 이유를 깨달았다. 눈앞의 궁녀를 동창으로 부르
기 위해서였다.

같은 황궁에 있으나 환관과 궁녀는 엄연히 조직이 다르다.

궁녀의 신분은 내원에서 관리했다. 황태후, 황후, 정혜귀비
가 당금 궁녀들의 수장 격이라고 할 수 있었다. 아무리 지위
가 높은 환관이라도 궁녀를 함부로 오라 가라 할 수는 없었
다.

하지만 동창이 찾는다면 얘기가 달라진다.

동창에 온 궁녀는 잔뜩 긴장한 표정으로 고개조차 들지 못

하고 있었다.

무명은 그녀의 심정을 알 것 같았다.

'황제의 오른팔인 동창에 잘못 보이면 죽는다. 궁녀라고 예외는 아닐 테지.'

그런데 궁녀의 얼굴을 보는 순간 무명은 숨을 흡 들이마셨다.

'송연화……!'

우수전이 부른 궁녀는 다름 아닌 송연화였던 것이다.

어젯밤 주작호를 벗어난 뒤 창천칠조는 제갈성이 마련한 안전가옥으로 향했다. 그러나 궁녀 신분인 송연화는 무명처럼 새벽 일찍 황궁에 입궁해야 했다.

그리고 태상조례 이후 우수전의 호출을 받아 동창으로 왔다.

'우수전이 우리 둘이 무림맹의 세작이라는 것을 알아차린 걸까?'

그럴 경우 둘의 목숨은 떨어진 것이나 다름없었다.

하지만 무명은 즉시 평정심을 되찾았다.

그는 무표정한 시선으로 우수전과 송연화를 번갈아 봤다.

우수전이 정체를 알고 있다면 발뺌해도 소용없으리라. 그러나 모르고 있다면 태연함을 가장하는 게 중요했다.

송연화 역시 그 사실을 모를 리 없었다.

그녀는 방에 들어올 때부터 무명에게 눈길조차 주지 않았다. 또한 입술을 파르르 떨면서 좌우를 흘깃거리다가 시선을 바닥에 고정했다.

누가 봐도 세작은커녕 동창에 와서 겁먹은 궁녀였다.

무명은 내심 감탄했다. 연기 한번 뛰어나군.

우수전이 송연화에게 말했다.

"그날 네가 본 바를 숨김없이 낱낱이 고해라."

"예."

송연화가 떨리는 목소리로 입을 열었다.

"그날 귀비마마의 처소에서 괴이한 일이 있었는데……."

무명은 태연함을 가장하기 위해 입술을 살며시 깨물어야 했다.

그녀가 얘기하는 것은 무명이 정혜귀비의 처소에 불려간 날이었던 것이다.

"총대장님이 무슨 변고인지 알아보겠다며 밑으로 내려갔는데 아무리 기다려도 소식이 없어서 귀비마마를 모시고 도망쳤습니다."

"그리고 건물은 불타 버렸는데 이유는 모른다?"

"예."

"도망칠 때 누가 함께 있었지?"

"저랑 귀비마마, 수로공, 그리고……."

송연화가 무명을 힐끔거리다가 얼른 시선을 돌렸다. 참으로 대단한 연기였다.

"여기 계신 환관 나리입니다."

"이분은 사례감 병필부의 장량 대인이시다. 그날 분명 장 공공이 함께 있었느냐?"

"예……."

그녀가 고개를 천천히 끄덕였다.

무명은 전후 사정을 알아차렸다.

'우리가 무림맹의 세작이라는 사실은 모르는 눈치다. 하지 만……'

더 큰 문제가 있었다.

정혜귀비의 처소가 불타고 금위군 총대장 청일이 죽은 사건 에 우수전이 꼬리를 물고 늘어진 것이었다.

'제아무리 동창이라도 정혜귀비를 심문할 수는 없다. 수로 공도 마찬가지다.'

그렇다면 남은 자는 그날 밤 죽지 않고 살아난 유일한 궁녀 인 송연화.

그리고 환관 장량, 즉 무명이었다.

우수전이 무명을 보며 말했다.

"참으로 기이하지 않소? 멀쩡한 건물이 불에 타지를 않나, 전 금위군 총대장이 화재에 휩쓸려 죽지를 않나."

"…맞는 말이오. 그날 밤 황은을 입어 간신히 귀비마마를 구할 수 있었소."

무명은 황제의 은혜를 들먹이며 추궁을 피하려 했다.

그러나 우수전은 끈질겼다.

"실은 총대장이 죽지 않고 실종되었다는 것을 아시오?"

"……!"

무명은 가슴이 쿵 내려앉았다. 그것까지 알고 있다는 말인가?

"오른손의 뼈가 없는 유골이 발견되었지만 최근에 총대장의 것이 아님이 확인되었소."

우수전이 뒷짐을 지고 방을 천천히 돌면서 말을 이었다.

"그뿐 아니라 궁녀들의 유골 또한 나오지 않았지. 동창에서는 궁녀들은 물론 총대장 또한 실종된 것으로 간주하고 있소."

"증거라도 있소?"

"증거? 물론 있지."

우수전이 고개를 돌려 무명을 빤히 노려봤다.

"불타 버린 건물 밑에 괴이한 통로가 있다는 사실이 밝혀졌소. 당장은 건물 잔해 때문에 들어갈 수 없지만 인부들이 작업하고 있으니 곧 조사할 수 있을 것이오."

"……."

무명은 할 말이 궁해졌다.

우수전은 이미 모든 정황을 꿰뚫고 있었다.

잠행조는 지하 도시에서 두 편으로 갈라졌다. 이강을 포함한 잠행조가 탈출한 팔 층 전각은 내전의 귀비 처소로 통했다. 귀비 처소로 나오던 잠행조가 현 금위군 총대장인 청성에게 사로잡힌 게 최근의 일이다.

동창 우수전이 그 사실을 모를 리 없었다.

"즉, 총대장은 죽은 게 아니라 감쪽같이 사라졌소. 대체 그는 어디로 갔을까?"

"……."

"명을 내리겠소. 전 금위군 총대장의 실종에 관련된 자를 잡아오시오."

우수전이 무명을 노려보며 말했다.

"그자가 바로 환관 괴인이오."

우수전이 말했다.

"……."

"그자를 잡아 오시오."

무명은 심장이 쿵 내려앉았다.

청일의 실종과 관련된 자는 무명이 알기로 두 명이었다.

지하도시를 통해 황궁에 잠입했던 그림자 망자, 그리고 무명 자신이었다. 즉, 무명은 자신을 잡아오라는 명을 받은 것이나 마찬가지였다.

그렇다고 그림자 망자의 용의자인 태자나 영왕을 체포할 수도 없는 일이 아닌가?

자승자박(自繩自縛). 자신이 던진 밧줄에 스스로 포박된 꼴이었다.

실로 기이한 악연에 무명은 등에 한 줄기 식은땀이 흐르는 것을 느꼈다. 하지만 얼굴에는 시침을 뚝 뗀 채 우수전에게 포권지례를 올렸다.

"명을 받들겠소."

그리고 송연화에게는 단 한 차례 눈길도 주지 않고 몸을 돌렸다.

지금은 송연화를 걱정할 때가 아니었다.

그녀는 스스로 안위를 지킬 것이다. 그럴 만한 능력이 있는 여인이었다. 송연화의 무공이라면 동창 수장 우수전을 이길 수는 없을지 모르나 적어도 단숨에 패퇴하지는 않으리라.

게다가 정혜귀비가 아끼는 궁녀인 만큼 증거가 없는 한 동창이라도 함부로 그녀를 고문할 수는 없을 것이었다.

무명은 방을 나선 다음 뒤도 돌아보지 않고 복도를 걸었다. 그리고 계단을 내려와서 동창 건물을 나섰다.

음침한 동창을 나와 맑은 공기를 마시자 조금은 숨통이 트였다.

그러나 기분은 무겁게 가라앉아 있었다.

거마차에서 처음 만났을 때 망자비서를 내놓으라며 겁박하던 우수전.

이번에 그는 망자비서 얘기를 입 밖에 꺼내지도 않았다.

하지만 무명은 그의 흉계를 짐작했다.

'환관 괴인? 우습군.'

우수전도 환관 괴인이 헛소문이라는 걸 알고 있으리라.

그는 청일이 죽지 않고 실종되었다는 사실이 밝혀지자 사람들을 납치하는 환관 괴인과 연관시켰다. 억지 논리가 따로 없었다. 그리고 수로공에게 무명을 동창으로 보내도록 청해서 불가능한 명령을 내렸다.

'풍문으로만 나도는 환관 괴인을 어디서 잡아 오라는 말이지?'

즉, 우수전은 임무를 완수하지 못한 무명이 목숨을 구걸하기 위해 망자비서를 바치기를 계획한 것이었다.

실로 교활하기 짝이 없는 술책이었다.

그런데 우수전이 모르는 사실이 하나 있었다.

청일 실종에 관련된 자는 바로 무명 자신이 아닌가?

'내가 나를 잡아야 하다니……'

무명은 송연화처럼 태연자약하게 연기하며 자리를 피하는 데 성공했다.

그러나 앞일이 태산 같았다.

무명이 우수전의 흉계에서 벗어날 방법을 생각하고 있을 때, 등 뒤에서 목소리가 들렸다.

"장 공공, 제가 뭐라고 그랬습니까?"

바로 주국성이었다.

그는 무명이 방에서 나왔을 때부터 그림자처럼 뒤를 따라왔던 것이다.

하지만 무명은 발소리를 듣기는커녕 인기척을 전혀 느끼지 못했다. 우수전의 오른팔인 주국성. 그의 무공 수위가 어느 정도일지 무명은 짐작할 수 없었다.

우수전이 준비한 또 하나의 올가미였다.

"보름달이 뜰 때마다 사람들을 잡아가는 환관 괴인이 분명 있다고 하지 않았습니까?"

"……."

무명의 기분을 아는지 모르는지 주국성은 태연하게 말을 이었다. 그것 또한 연기라면 대단했다.

무명이 시큰둥한 목소리로 말했다.

"우 공공의 명을 거역할 생각은 없소. 하지만 환관 괴인은 터무니없는 낭설이오."

"과연 그럴까요? 제가 온 힘을 다해 도울 테니 반드시 환관 괴인을 잡으셔야 합니다. 임무를 끝마치지 못한 자에게 동창이 어떤 벌을 내리는지 아십니까?"

"모르오. 어떤 벌을 내리오?"

"이런, 괜히 입을 놀렸군요. 장 공공께서 어차피 임무를 완수하실 텐데 말이죠, 흐흐흐."

그는 예의 음흉한 웃음을 흘리며 말을 끝냈다.

무명은 주국성에게 한 차례 날카로운 시선을 던지다가 몸을 돌렸다. 그리고 동창을 떠나 화원 속으로 들어갔다.

동창을 떠난 무명이 가장 먼저 들른 곳은 사례감이었다.

주국성이 물었다.

"사례감에는 왜 오셨습니까?"

"기록을 찾아보려고 왔소."

"기록이오?"

"지난 육 개월간 환관 괴인이 황궁 사람들을 납치했다고 하지 않았소? 그날 누가 밤에 당직을 섰는지 알아봐야겠소."

"좋은 생각이군요. 하지만 한두 명이 아닐 텐데요?"

"환관 괴인을 잡으려면 더한 수고도 해야겠지."

사례감은 황궁의 모든 환관을 관리하는 곳이다. 때문에 환관에 대한 일은 사례감에 낱낱이 일지로 기록되어 있었다.

무명은 사례감 환관에게 말해서 일지를 가져오도록 했다. 사례감의 기록관은 황궁 일지에 당일 누가 몇 시부터 몇 시까지 일을 했는지 상세히 기록했다. 일지를 본다면 보름날의 당직을 알 수 있었다.

그런데 기록관이 가져온 일지는 수십 권을 넘는 엄청난 수였다. 육 개월간의 기록이니 당연했다.

무명과 주국성은 긴 탁자를 사이에 두고 앉았다.

주국성이 쓴웃음을 지으며 말했다.

"설마 이 일지를 모두 들추자는 말입니까?"

"그렇소. 시간이 없으니 서두르는 게 좋겠군."

무명은 일지의 절반을 덜어서 주국성의 앞에 놓았다. 그리고 그의 눈치는 신경 쓰지 않고 일지를 살피기 시작했다.

주국성도 한숨을 폭 쉰 다음 할 수 없이 일지를 폈다.

밥 한 끼 먹을 시간, 잠 한 번 잘 시간이 쑥쑥 지나갔다.

무명은 고개 한 번 들지 않고 열심히 일지를 조사했다. 주국성은 좀이 쑤신 얼굴이었으나 딴청 피우지 않고 일지를 읽었다.

무명의 속셈은 주국성을 지치게 만드는 것이었다.

'평소 동창이라면 환관을 몇 명 잡아다 놓고 심문했겠지. 하지만 나는 다르다.'

무명은 철저하게 원리 원칙대로 수사하기로 마음먹었다. 그러기 위해서는 황궁 사정이 기록된 일지에서 수사를 시작하는 게 순리였다.

그러다가 주국성이 지쳐서 떨어진다면 일석이조, 꿩 먹고 알 먹는 셈이리라.

하지만 무명의 노림수는 보기 좋게 빗나갔다.

주국성이 쇠심줄처럼 끈질기게 일지를 붙들고 늘어졌던 것이다.

그는 처음에는 억지로 일지를 들추는 기색이 역력했으나 시간이 지날수록 기록 조사에 집중했다. 덕분에 육 개월간 당직을 선 자들을 생각보다 빨리 추려낼 수 있었다.

둘은 당직 명단을 금위군, 환관, 궁녀 셋으로 나누어서 인명부를 작성했다.

"휴우, 다 끝냈군요."

"수고했소."

"다음 할 일은 무엇입니까?"

"몰라서 묻소? 인명부에 적힌 자들을 하나씩 찾아가 탐문할 것이오."

"듣던 중 반가운 말이군요."

주국성은 책상머리에 앉아 일하는 것보다 발로 뛰어다니는 것을 즐기는 듯했다.

아마도 동창 환관들이 대부분 그러하리라. 지루한 일은 얼마든지 남에게 시킬 수 있는 권력이 있는 곳이니까.

무명과 주국성은 인명부에 오른 자들을 찾아 황궁을 돌아다녔다.

그러나 단 한 명 만나는 것도 쉽지 않았다. 황궁이 워낙 넓어서 누가 어디에 있다고 얘기를 들어도 막상 그곳까지 가는 데 엄청난 시간이 소요되었던 것이다.

"이 방법은 너무 느리군. 그날 누가 어디에서 근무하는지 기록을 받은 다음 찾아다니는 게 낫겠소."

"그러는 게 좋겠군요."

마침 점심때가 되어 둘은 식사도 할 겸 휴식을 취했다.

그 시간 이후로도 주국성은 호위 무사처럼 무명을 따라다녔다.

무명은 겉으로 내색하지 않았지만 애간장이 탔다.

'우수전이 절대 떨어지지 말라고 명을 내렸겠지.'

주국성은 그야말로 찰거머리였다.

그는 하루 종일 밥도 무명과 함께 먹고 차도 무명과 함께 마셨다. 심지어 무명이 뒷간에 갈 때도 밖에서 기다리고 있을 정도였다.

사정이 그러니 무명은 딴생각을 품을 여유도 없었다.

결국 그날은 보름날 밤에 당직을 선 인명부 작성과 앞으로 며칠간의 근무 계획서를 받아 오는 데 하루가 다 걸리고 말았다.

해가 지고 저녁 시간이 되자 무명은 작별 인사를 했다.

"수고했소. 내일 봅시다."

그런데 주국성이 야릇한 미소를 지으며 반문하는 것이었다.

"내일이라니요? 아직 오늘은 다 지나지 않았습니다만?"

"그게 무슨 뜻이오?"

"말 그대로입니다. 우 공공에게 장 공공의 안위를 철저히 지키라는 명을 받았죠, 흐흐흐."

주국성은 우수전에게 절대 무명을 혼자 놔두지 말라는 엄명을 받았던 것이다.

그는 무명과 저녁을 같이 먹는 것은 물론, 사람을 시켜서 간이 침상을 무명의 처소로 옮겨놓는 것이 아닌가?

"큰 임무를 맡으신 장 공공께 혹시라도 변고가 생기면 안 되죠."

"……."

무명은 어처구니가 없었다.

별수 없이 무명은 주국성과 그날 밤 잠을 같이 자야 했다.

한 마리 능구렁이 같은 주국성이 바로 옆에 있으니 쉽게 잠들 수 있을 리 없었다. 무명은 그날 밤 몇 번을 뒤척이다가 간신히 눈을 감았다.

다음 날.

아침에 세숫물과 식사를 가져온 소행자가 침상에서 벽을 향해 엎드린 채 곯아떨어진 주국성을 보고 화들짝 놀라 소리쳤다.

"장 공공! 처소에 웬 괴한이 있습니다!"

"냅둬라. 괴한이 아니라 동창의 환관 나리다."

"네에? 동창이라고요?"

소행자가 어리둥절한 눈으로 물었다.

"동창 나리가 왜… 장 공공의 밤 시중을 드는 건가요……."

소행자는 말을 하면서도 스스로 어이가 없는지 목소리를 줄였다. 무명도 기가 막혀서 할 말을 잃었다.

"헛소리 그만하고 세숫물과 아침을 일 인분 더 가져오너라."

"아아, 예! 알겠습니다."

소행자가 몸을 돌려 부리나케 돌아갔다. 그러면서도 두 환관이 한 방에서 밤을 보낸 일이 믿기지 않는지 고개를 연신 갸웃거리는 것이었다.

그러는 사이 주국성이 잠을 깨고 일어났다.

"아하암! 지난밤 평안히 보내셨습니까, 장 공공?"

"……"

무명은 슬슬 짜증이 났다. 잠을 설쳐서 두 눈가가 거무죽 죽하고 퀭한 것을 모를 리 없을 텐데 주국성이 뻔뻔하게 대하 니 화가 났던 것이다.

"덕분에 아주 잘 잤소. 단지 꿈자리가 사나운 게 마음에 걸 리는군."

"무슨 꿈을 꾸셨습니까?"

"독사 한 마리가 수풀 속에서 똬리를 틀고 있는 꿈을 꾸었소."

"그것 참 길몽이군요! 독사를 잡아서 술을 담가 마시면 몸 에 그리 좋다 하지 않습니까?"

"……"

무명은 주국성을 빗대어 독사라고 말했는데, 그는 아는지 모르는지 천연덕스럽게 길몽이라며 좋아했다.

무명은 생각했다.

'나도 독사로 술을 담그고 싶군.'

할 수만 있다면 주국성을 처치하고 우수전의 흉계에서 빠져 나오고 싶었다.

그러나 황궁은 곳곳에 보는 눈과 듣는 귀가 있다. 주국성 을 죽이는 게 쉽지도 않을뿐더러, 그는 무명이 감히 어떻게

할 엄두를 내기 힘든 무공 고수가 아닌가?

곧 소행자가 세숫물과 식사를 가져왔다.

무명과 주국성은 얼굴을 씻고 아침을 먹은 다음 처소를 나섰다.

환관 괴인 수사 이틀째 날이 된 것이다.

주국성이 말했다.

"이제 보름날까지 사 일(四日) 남았습니다."

"알고 있소."

"그때까지 장 공공이 환관 괴인을 색출해 내기를 바라겠습니다, 흐흐흐."

주국성이 혀를 낼름거리며 웃었다.

무명과 주국성은 본격적으로 탐문 수사에 나섰다.

둘은 어제 작성한 인명부와 황궁 사람들의 근무 계획서를 비교해서 순서를 정했다.

가장 먼저 수사할 대상은 금위군이었다.

주국성이 앞장을 섰다.

"북문으로 가시죠."

둘은 지난 육 개월간 보름날 밤에 경비를 선 금위군을 한 명씩 찾아다니기 시작했다.

그러는 사이 무명은 점점 초조해졌다.

주작호에서 잠행조가 무사히 탈출했으니 황궁 서고에 숨겨 둔 망자비서를 제갈성에게 다시 전달해야 했다. 그러나 주국성이 지금처럼 밤낮 가리지 않고 붙어 다닌다면?

'이 뱀 같은 자를 따돌려야 한다.'

하지만 어떻게?

주국성의 눈을 벗어날 방법이 떠오르지 않았다. 또한 황궁에서 벌어진 실종 사건이니 궁 밖으로 나가서 수사한다는 핑계도 댈 수 없었다.

'우수전의 덫에 단단히 걸렸군.'

둘은 인명부에 적힌 금위군을 한 명씩 만나서 환관 괴인 소문을 물었다.

무명은 처음에는 탐문 수사를 우습게 생각했다. 그런데 뜻밖에도 대다수 금위군이 환관 괴인 소문을 들어서 알고 있었다.

탐문 수사를 시작한 지 한 시진 정도가 지났을 때였다.

드디어 환관 괴인을 목격했다는 금위군이 나왔다.

"환관 괴인? 한 번 본 적이 있소."

"그게 언제요?"

"보름달이 뜨던 날이었던 걸로 기억하오."

소문은 사실이었다.

5장.

삼 인(三人)의 목격자

　무명은 환관 괴인이 대도시라면 하나둘 있는 뜬소문이라고 생각했다.

　그런데 환관 괴인을 직접 목격했다는 자가 나타난 것이다.

　그자는 북문에서 경비를 서는 금위군이었다.

　"보름달이 뜨던 날이었던가? 환관 괴인을 봤소."

　소문은 사실이었다. 무명은 침을 꿀꺽 삼킨 뒤 금위군에게 질문했다.

　"그게 언제였소?"

　"글쎄, 몇 달 전이었던 걸로 기억하오."

　"장소는 어디오?"

"북문에서 우측으로 쭉 가면 나오는 화원이었지, 아마?"

무명과 주국성은 서로를 돌아봤다. 금위군이 말한 곳이 바로 내서당에서 동창 건물로 향하는 화원이었기 때문이다.

무명이 어제 작성한 인명부를 펴 들었다.

황궁 금위군의 숫자는 수만 명에 달한다. 매일 삼교대로 황궁을 지키는 금위군의 당직 날짜를 구분해서 작성하는 것은 불가능하다.

하지만 지금은 사정이 달랐다.

금위군의 팔 할 이상이 황궁 내성을 지키는 바람에 외성의 경계인 북문 경비의 숫자는 비교적 적었기 때문이다.

황제가 지나치게 몸을 사리는 게 어이없게도 도움이 된 셈이었다.

인명부는 총 여섯 부분으로 나뉘어 있었다. 육 개월간 여섯 명의 사람이 실종되던 날을 기준으로 해서 당일 황궁 곳곳의 근무자를 분류한 다음 적어 넣은 것이었다.

무명은 내서당 쪽 북문 담장의 명부가 있는 곳을 펼쳤다.

"당신 이름이 어디 있는지 찾아보시오."

"흐음."

금위군이 인명부를 몇 장 들춰보다가 금세 자기 이름을 찾았다.

"여기 있군. 그래, 석 달 전 일이었소."

그가 기억이 떠올랐는지 고개를 끄덕였다.

무명이 물었다.

"그날 밤 무엇을 봤는지 상세히 말해주시오."

"담장을 왕복하며 경비를 서고 있는데 그림자 하나가 화원 쪽으로 사라지는 걸 봤소."

"그림자?"

"그렇소. 환관 관복을 입은 그림자였소."

"왜 그림자를 뒤쫓지 않았소? 밤에 함부로 돌아다니는 자를 잡는 게 금위군의 일 아니오?"

책임을 다하지 않은 게 아니냐며 추궁하자 금위군이 양미간을 찌푸렸다.

"당연히 그림자를 쫓아갔소. 한데 아무도 없었소."

"놓친 것은 아니고?"

"설마. 거기는 말라비틀어진 고목만 몇 그루 있을 뿐 수풀이 무성하지 않은 공터였소. 그런데 사람이 눈 깜짝할 사이에 어디로 사라진다는 말이오?"

"무공을 익힌 자였다면?"

"하하, 내 무공도 강호에 나가면 삼류 무사는 넘는 수준이오. 한데 사람이 투명해진다는 신공절학은 들어본 적도 없소."

사람이 투명해지는 신공. 즉, 눈앞에서 환관 괴인이 사라졌다는 뜻이었다.

"고목 그림자가 어른거리는 것을 잘못 보았을 수도 있지 않소?"

"그러니까 환관 괴인이지."

금위군이 어깨를 으쓱하며 대답했다.

"우리가 이매망량 같은 도깨비까지 잡을 수는 없지 않소? 그럴 거면 도사를 부르든가."

"……"

무명은 질문을 잇지 못하고 침묵했다.

금위군이 말한 이매망량(魑魅魍魎)은 세상의 온갖 잡귀신을 뜻하는 말이었다.

그러나 무명에게 이매망량이 갖는 의미는 달랐다. 기억을 잃은 이유가 정체불명의 살수 조직 이매망량의 탓일지도 모르니까.

때문에 이매망량이란 말을 듣자 무명은 무심결에 얼굴을 굳힐 수밖에 없었던 것이다.

"설령 환관 괴인이 귀신이 아니라 한들 잡을 수가 있겠소? 요즘 외성 경비를 서는 자가 몇 명이나 된다고."

무명이 말이 없자 금위군이 투덜거리며 불평했다.

"환관 괴인을 못 잡는 걸 우리 탓으로 돌리면 곤란하오. 금위군이란 금위군은 몽땅 내성만 지키고 앉았으니 역적 무리가 들이닥쳐도……."

그가 흠칫거리며 말을 삼켰다.

눈앞의 두 환관이 역모와 비리를 조사하는 동창이라는 것을 깨달은 것이었다.

"내 말은 그게 아니라… 하하하, 황상을 모시기 위해서라면 뼈가 가루가 되고 몸이 부서지는 것쯤이야 당연하겠지. 그렇지 않소? 그럼 더 물을 게 없다면 이만 가보겠소……."

금위군은 포권지례를 하더니 몸을 돌렸다. 그리고 뒤도 돌아보지 않고 횡 하니 가버렸다.

무명은 일부러 붙잡지 않았다.

겁을 집어먹은 것으로 보아 더는 얘기를 할 것 같지 않았다. 사실 더 물을 것도 없었다.

주국성이 말을 걸었다.

"장 공공, 이제 소문을 믿으시겠지요?"

"소문은 소문일 뿐이오."

"그럼 방금 금위군이 봤다는 환관 괴인은 무엇입니까? 괴인입니까, 아니면 귀신입니까?"

"둘 다 아니오."

무명이 단호하게 말했다.

"원래 소문이 돌면 사람들은 편견에 빠지기 쉽소. 금위군은 우연찮게 사람 그림자를 목격했을 뿐이오. 그런데 그자를 시야에서 놓치자 자신의 부주의를 핑계 대기 위해 환관 괴인 소문을 끌어온 것이겠지."

"일리는 있는 말씀이군요, 흐흐흐."

주국성이 혀를 날름거리며 웃었다.

무명과 주국성은 다음 사람을 찾아 발길을 옮겼다.

말은 그렇게 했지만 무명도 절반쯤은 환관 괴인의 존재를 믿기 시작했다.

그러나 문제가 있었다.

북문 경비를 서는 자가 아무리 정예병이 아니라고 하나 금위군은 금위군이었다.

그런 자가 눈앞에서 신형을 놓쳤다면?

그게 뜻하는 것은 두 가지였다.

무명은 침을 꿀꺽 삼키며 생각했다.

'환관 괴인은 사람들이 실종되자 생겨난 헛소문이다. 하지만 만약 그게 아니라면……'

상상할 수도 없는 경지의 절정 고수이리라.

그 뒤로도 무명과 주국성은 수십 명이 넘는 금위군을 찾아 얘기를 들었다.

하지만 도움될 만한 얘기는 나오지 않았다.

어느새 점심시간이 훌쩍 지나 있었다. 둘은 무명 처소로 돌아와서 소행자가 가져온 밥을 먹었다.

무명은 주국성과 마주하자 밥이 목구멍으로 넘어가지 않았다.

'이자에 비하면 강호제일악인 이강과 겸상하는 건 무릉도원이군.'

그는 모래알처럼 뻣뻣하게 느껴지는 밥알을 억지로 씹어서 삼켰다.

점심을 먹은 무명과 주국성은 다시 탐문 수사에 나섰다.

이번에 수사할 자들은 바로 환관이었다. 둘은 지위가 낮은 환관들이 거하는 숙소로 갔다.

품계가 낮은 환관들은 황궁에 자기 방이 따로 없었다. 그들은 공동 숙소에 머물면서 식사를 하고 밤에 당직이 있으면 좁은 방에 틀어박혀서 쪽잠을 잤다.

환관 숙소는 북문의 서쪽 끄트머리 구석진 곳에 있었다.

환관들은 무명과 주국성을 보자 깊이 허리를 숙인 다음 일이 바쁜 척을 하며 자리를 피하려고 했다.

"부총관태감님 아니십니까? 그럼 저는 일이 바빠서……."

동창 소속의 환관 두 명이 황궁을 탐문하고 다닌다는 소문이 이미 파다하게 퍼진 것이었다. 환관들은 혹시라도 책을 잡히지 않을까 두려웠는지 눈길조차 마주치지 않았다.

"모두 들어라."

무명이 뒷짐을 진 채 큰 소리로 외쳤다.

"지금부터 한 명씩 불러서 따로 묻겠다. 인명부에 이름이 없는 자는 가도 좋다."

"예에……."

환관들은 목을 움츠리고 서로를 쳐다봤다.

무명과 주국성이 숙소 한쪽에 탁상과 의자를 놓고 앉았다.

환관들이 서로 눈치를 보다가 하나씩 줄을 섰다.

"여기 인명부를 보아라. 지난 보름날에 당직을 선 일이 있는
가?"

"…저는 없습니다."

"그럼 가도 좋다."

"가, 감사합니다!"

보름날 당직을 서지 않은 자가 바로 탐문에서 빠졌다.

동창 환관의 탐문이 비리 수사가 아니라는 것을 알자 환관
들이 앞을 다투어 줄을 서기 시작했다. 매도 먼저 맞는 편이
낫다는 걸 깨달은 것이었다.

탐문 수사는 빠르게 진행됐다.

보름날에 당직을 선 자가 나올 때마다 무명이 물었다.

"그날 환관 괴인을 목격하지 않았는가?"

"환관 괴인이오? 도성에 떠도는 소문 말씀입니까?"

"그렇다."

"글쎄요. 황궁에도 나타난다는 소문은 들었습니다만 직접
본 적은 없습니다."

"알았다."

환관들 대부분은 대답이 비슷했다.

환관 괴인에 대한 소문은 들었다. 하지만 황궁에서 본 적은
없다.

지루한 탐문이 계속될 때였다.

드디어 환관 괴인을 봤다는 자가 나왔다.

그런데 환관은 주위 시선이 부담스러운지 연신 좌우를 두리번거렸다. 무명이 잠시 사람들을 방 밖으로 물렸다. 그러자 환관이 눈치를 보며 입을 열기 시작했다.

"그게 두 달 전의 일이었습죠."

환관은 석신사에서 일하는 자였다.

석신사(惜薪司)는 황궁에서 쓰는 목탄을 취급하거나 도랑 청소를 하는 곳이었다.

"귀비마마가 고뿔이 걸리셨다길래 화로를 불붙이기 위해서 목탄을 나르고 있었습니다."

환관은 목탄이 잔뜩 든 궤짝을 등에 짊어 메고 내원으로 가는 중이었다.

목탄은 두세 번에 걸쳐서 옮겨야 될 만큼 많은 양이었다. 하지만 환관은 추운 밤중에 먼 거리를 왕복하는 게 싫어서 궤짝이 터지도록 목탄을 담았다.

"그날 밤, 유난히 보름달이 밝던 게 기억납니다."

낑낑대며 걷던 환관이 간신히 내원에 도착했을 무렵이었다.

어디선가 이상한 소리가 들렸다.

소리는 화원의 담벼락 너머에서 나고 있었다.

"여인의 신음 소리였습죠."

황궁의 여인들은 모두 황상의 여인이나 다름없다. 즉, 다른 남자와 사통하는 궁녀는 황제를 배신하는 대죄를 짓는 셈이었다.

그러나 대부분의 궁녀는 황상에게 하룻밤 은혜를 받기는커녕 평생 사내의 손길을 받아보지 못한 채 죽는 경우가 태반이었다. 때문에 욕정을 풀기 위해 목숨을 걸고 사내나 환관과 사통하는 궁녀가 적지 않았다.

황궁에서는 눈을 감고 귀는 닫아야 한다. 괜한 일에 끼어들었다가는 언제 목숨이 달아날지 모른다.

하지만 환관은 음심이 동했다.

양물이 없는 사내라도 음욕까지 사라지지는 않는다. 아니, 그것은 남녀가 마찬가지이리라.

환관은 조심해서 문 너머로 고개를 내밀었다.

그런데 환관이 발견한 것은 음행 장면이 아니었다.

"웬 환관이 궁녀의 목을 틀어쥐고 있었습니다."

환관은 궁녀와 음행을 저지르는 게 아니었다. 한 손으로 궁녀의 목을 쥔 채 담벼락에 밀어붙이고 조르는 중이었다.

"바로 환관 괴인이었습니다."

곧 궁녀의 신음 소리가 잦아들었다. 머리로 피가 통하지 않아서 기절한 것이었다.

무명이 잠시 말을 중단시켰다.

"주국성, 날짜가 맞는가?"

"예. 궁녀가 두 명 실종됐는데 그중의 하루입니다."

"계속하게."

환관이 눈치를 보면서 말을 이었다.

"저는 금위군을 부르려고 했습죠……."

환관의 목소리가 어쩐지 힘이 없었다.

무명은 그가 그냥 도망치려 했을 뿐 금위군을 부르려던 것은 거짓말이라고 생각했다.

그런데 마침 화원에서 경비를 서던 금위군이 그 자리에 나타났다.

"거기 누구냐? 암호!"

물론 환관 괴인은 아무 대답도 하지 않았다.

금위군이 한 손에 든 등불을 치켜들었다. 궁녀의 목을 틀어쥔 환관 괴인의 모습이 등불 앞에 드러났다.

"그래서? 얼굴을 보았나?"

"못 봤습니다. 환관 괴인은 제 쪽으로 등을 돌리고 있던지라… 죄송합니다."

아쉽게도 환관 괴인의 이목구비는 확인되지 않았다.

금위군이 소리쳤다.

"금삼(禁三)!"

침입자를 잡으라는 명령.

이어서 금위군이 등불을 내팽개친 뒤 방천극을 두 손에 들고 환관 괴인에게 달려들었다.

방천극은 긴 창에 도끼날을 덧붙여서 찌르기와 베기 두 가지 공격이 가능한 무기다.

금위군의 방천극은 촉나라의 무신 관우가 썼다는 칠십이 근의 청룡언월도에는 미치지 못했으나 단번에 통나무를 둘로 쪼갤 만큼 위력이 상당했다.

"받아랏!"

금위군이 크게 세 걸음을 걸으며 높이 치켜든 방천극을 내려쳤다. 그런데 환관 괴인은 꿈쩍도 않고서 금위군을 쳐다보는 것이었다.

방천극의 도끼날이 환관 괴인의 머리통을 쪼개 버리려는 찰나였다.

환관 괴인이 무공을 출수했다.

"환관 괴인이 분명 무슨 무공을 썼습니다. 그런데 대체 무슨 무공인지는……."

그는 무공을 전혀 모르는지 고개를 갸우뚱하며 말을 잇지 못했다.

"괜찮으니 어떤 동작이었는지 상세히 말해보거라."

"그냥 손을 쭉 내밀었습죠."

환관이 그날 밤 보았던 환관 괴인의 동작을 따라 했다.

"이렇게 손바닥을 정면이 보이게 펴서 힘들이지 않고 쭉 뻗었습니다. 그러자 금위군이 붕 떠서 뒤로 날아가지 뭡니까!"

"밀었다고? 손바닥으로 친 게 아니고?"

"예! 그냥 허공에다 손바닥을 민 게 전부였습니다."

순간 조용히 있던 주국성이 싸늘한 목소리로 말했다.

"벽공장(劈空掌)이군요."

환관 괴인은 금위군이 방천극을 내려쳐도 꿈쩍하지 않았다. 그러다가 갑자기 손바닥을 펴서 허공에 대고 쭉 밀었다.

큰 북을 친 듯한 소리가 화원에 울려 퍼졌다.

텅!

순간 금위군이 허리를 깊이 숙이는가 싶더니 그 자세 그대로 공중에 떠서 뒤로 날아갔다.

부웅!

금위군은 무려 오 장 가까이 날아간 다음 땅바닥에 떨어졌다. 털퍽. 바닥에 널브러진 금위군의 얼굴은 절대 세상에 있어서는 안 될 무언가를 본 것처럼 공포에 질려 있었다.

물론 그는 다시는 자리에서 일어나지 못했다.

"참으로 귀신이 곡할 노릇이었습죠."

환관이 그날 밤을 되새기며 중얼거렸다.

"환관 괴인은 손도 대지 않았습니다. 그런데 금위군이 멀리 날아가 버리지 뭡니까?"

그때 환관 괴인의 무공 묘사를 들은 주국성이 냉랭한 목소리로 말했다.

"벽공장입니다."

"……!"

무명은 침을 꿀꺽 삼키며 긴장했다.

강호인이 손을 써서 공격한다고 하면 권장으로 적을 쳐서 충격을 주거나 내상을 입히는 것을 떠올리게 마련이다.

그런데 벽공장(劈空掌)은 단순한 권격도, 장법도 아니었다.

벽공장은 내공을 실은 권장으로 허공을 타격해서 강기를 적에게 전파하는 무공이었다. 즉, 무공을 모르는 이에게는 허황된 장풍(掌風)처럼 보일 수 있었다.

눈앞에서 벽공장을 보고도 자신이 무엇을 목격했는지 의아해하는 환관의 반응이 그것을 증명했다.

허공을 타격해서 적을 쓰러뜨린다.

듣기에 따라서는 무적으로 여겨질 수도 있는 수법, 벽공장.

그러나 벽공장은 엄청난 내공의 소유자가 아니면 출수하는 것 자체가 불가능했다. 내공 수준이 최소한 일류 고수는 넘어야 간신히 벽공장을 흉내 낼 수 있는 정도였다.

즉, 벽공장이 무적이 아니라 벽공장을 출수할 만큼 내공을 지닌 자가 무적인 셈이었다.

그게 뜻하는 것은 하나였다.

환관 괴인의 무공 수위가 예상을 훌쩍 뛰어넘는다는 소리였다.

무명은 침음하며 생각했다.

'절정의 경신법에 벽공장까지. 환관 괴인이 정말 있다면 이강에 맞먹는 절정 고수겠군.'

어쩌면 이강보다 더한 고수일지도 몰랐다.

상상 이상의 절정 고수가 보름달이 뜨는 밤이면 홀연히 나타나 사람들을 납치해 간다. 게다가 납치하는 자들의 면면도 각양각색으로 종잡을 수가 없었다.

대체 무슨 이유 때문에?

환관 괴인에 대해 탐문하면 할수록 수수께끼는 더욱 깊어졌다.

무명이 질문을 계속했다.

"그래서 어떻게 되었는가?"

"금위군을 처치한 환관 괴인은 궁녀의 목을 틀어쥔 채 몸을 날렸습니다."

환관이 침을 꿀꺽 삼키며 대답했다.

"환관 괴인은 그대로 담벼락을 넘어가 사라졌습니다. 꼭 새가 나는 것 같았습죠."

"......"

정신을 잃은 사람의 신체는 생각보다 무겁다.

그런데 환관 괴인은 마치 인형을 갖고 놀듯이 궁녀를 붙잡고 허공으로 날아가 버린 것이다.

이강의 내공과 송연화의 경신법을 합치면 그쯤 될까?

무명은 고개를 저었다. 아니, 확신할 수 없다. 환관 괴인의 무공 수위는 내가 짐작할 수 있는 범위를 넘어섰다.

환관의 이야기는 거기에서 끝났다.

주국성이 말했다.

"그날 금위군 한 명이 이유 불명으로 죽은 사건은 알고 있었습니다. 하지만 금위군의 일이라 동창이 끼어들지 않았는데 이제 보니 궁녀 실종과 연관이 있었군요."

무명은 고개를 끄덕였다.

당시는 청일이 죽고 청성이 새 총대장이 되어 한창 금위군의 기강을 바로잡을 때였다. 청성은 금위군이 죽은 사건을 동창에게 넘기고 싶지 않았으리라.

하지만 눈앞의 환관이 그 얘기를 미리 꺼냈다면 사정이 달라졌을 것이다.

무명이 그 점을 추궁했다.

"왜 그날 밤 일을 지금까지 숨기고 있었나?"

"숨긴 게 아닙니다! 그때 다른 부총관태감께 말씀드렸는데 터무니없는 소문이라고 무시하시는 바람에⋯⋯."

무명은 사정을 짐작할 수 있었다.

정혜귀비 처소가 불타고 금위군 총대장이 죽은 지 얼마 지나지 않았는데 환관 괴인이 황궁을 배회한다는 말을 입 밖에 내고 다녔다가는 괴소문을 퍼뜨린다고 벌을 받으리라.

때문에 환관은 말을 아끼고 있었던 것이다.

그럼 오늘 갑자기 입을 연 까닭은?

무명은 그 이유도 짐작했다.

'동창에게 잘 보여서 떡고물이 떨어지기를 바라는군.'

하지만 주국성이 옆에 있는 이상 함부로 상을 내릴 수는 없었다.

무명이 차갑게 말했다.

"잘 들었네. 그만 가보게."

"예에……."

"나중에 왕직이란 자를 찾아가게. 내 얘기를 해두지."

"아아, 알겠습니다!"

무명은 왕직을 통해서 환관에게 은자 몇 푼을 쥐어주자고 생각한 것이었다.

약삭빠른 환관은 금세 뜻을 알아차리고 연신 고개를 숙이며 방에서 나갔다. 무명은 어느새 왕직처럼 처세꾼이 된 자신이 대단하기도 하고 한심하기도 했다.

무명과 주국성은 이후로도 수많은 환관을 상대했다.

그러나 소문은 들었어도 환관 괴인을 직접 목격한 자는 더 이상 나오지 않았다.

또 소문 얘기도 제각각 말이 달라서 도무지 신용할 수 없었다. 십 년이 넘게 도성에 떠도는 소문이니 허황된 얘기가 곁가지로 붙어 있었던 것이다.

환관들의 탐문 수사가 끝났을 때는 이미 해가 지고 어두워진 뒤였다.

둘은 환관 공동 숙소를 나섰다.

"오늘 일은 여기까지 하지."

"수고하셨습니다."

주국성은 말은 그렇게 했지만 여전히 무명을 따라왔다.

그는 어제처럼 무명 처소에서 저녁을 먹고 잠도 잘 태세였다. 무명도 막지 않았다. 아니, 어차피 막을 수도 없는 자가 아닌가.

둘은 처소에 도착한 뒤 소행자가 가져다준 저녁을 먹었다.

무명은 이제 맛있게 밥을 먹었다. 뱀 같은 주국성과 겸상을 했지만 하루를 바쁘게 보냈더니 허기가 졌던 것이다. 시장이 반찬이라는 말은 역시 진리였다.

막 저녁을 다 먹었을 때 무명이 불쑥 말을 꺼냈다.

"환관 괴인의 용모파기를 작성해야겠소."

"이미 알고 있는데 굳이 글로 쓸 필요가 있습니까?"

"싫으면 혼자 할 테니 구경이나 하시오."

무명은 예전에 영왕이 선물한 지필묵을 책상 위에 펼쳤다. 그리고 종이에 한 자, 한 자 용모파기를 쓰기 시작했다.

환관 괴인

이목구비 불명(不明).

나이 불명. 무공 고수인데 십여 년 전부터 모습을 드러냈으니 적어도 사십 대 혹은 그 이상.

신분 불명. 내원 근처에서 궁녀를 납치한 것으로 볼 때 실제 환관일 가능성이 높다. 물론 복장만 환관으로 가장했을 수도 있다.

문파 불명. 경신법은 눈앞에서 사라지는 수준. 벽공장을 자유자재로 출수한다. 최소한 일류를 넘는 고수.

그 외

보름달이 뜨는 밤에 나타나는 이유 불명.

사람들을 납치하는 이유 불명.

납치된 사람들의 공통점 불명.

단 황궁 밖의 인물들은 유명 인사라는 공통점이 있다.

주국성은 무명이 작성한 용모파기를 보며 고개를 끄덕였다.

"호오, 이렇게 보니 제법 그럴듯하군요."

"……."

무명은 아무 대꾸도 하지 않았다.

그가 환관 괴인의 용모파기를 작성한 이유는 두 가지였다.

'우수전의 눈을 피해야 한다.'

우수전은 청일이 실종된 일을 환관 괴인 사건과 억지로 연관시켜서 무명을 옭아매려 하고 있었다. 그런데 실제 무명은 청일 실종과 관련이 있지 않은가?

만약 정말 환관 괴인을 붙잡는다면 청일 실종은 풀리지 않는 수수께끼로 묻어버릴 수 있었다.

즉, 우수전의 흉계를 피하기 위해서는 환관 괴인을 잡아야 했다.

그리고 용모파기를 작성한 두 번째 이유.

무명은 아무도 모르는 사실을 알고 있었다.

'이강이 말한 강호 사대악인. 그가 바로 환관 괴인이다.'

무명은 이제 환관 괴인의 존재를 인정하기 시작했다. 그리고 반드시 그를 잡아서 우수전의 흉계를 벗어나기로 결심했던 것이다.

다음 날이 되었다.

무명은 어제처럼 주국성이 옆에서 감시하는 가운데 잠을 잤다. 그러나 중간에 깨는 일 없이 단잠을 잘 수 있었다.

환관 괴인을 잡는다는 목표가 생겼기 때문이었다.

무명과 주국성은 세수를 하고 아침을 먹은 다음 처소를 나섰다.

무명은 생각했다.

'앞으로 삼 일(三日).'

삼 일 후에는 환관 괴인이 나타날 보름날이 된다.

그때까지 만반의 준비를 해놓아야 했다. 물론 그 전에 용모파기를 완성해서 환관 괴인을 잡아낼 수 있다면 금상첨화일 것이다.

이틀 동안 금위군과 환관을 조사했으니 오늘은 궁녀 차례였다.

그런데 문제가 생겼다.

궁녀들 대부분이 아침 일찍 내원에서 일을 시작하는 바람에 탐문 수사는커녕 만날 수조차 없었던 것이다.

무명과 주국성은 환관이니 내원 출입이 가능했다.

하지만 황제는 몸이 노쇠하고 정신이 피폐해서 소수의 측근 환관을 제외하면 내원에 출입을 금하고 있었다. 금위군의 팔 할 이상을 내성 경비에 할애하는 것도 황제가 특명을 내려서였다.

무명은 난감했다.

"궁녀들은 내원에 있는데 정작 들어갈 수가 없군."

"수로공에게 말씀드려서 인명부에 있는 자들을 따로 불러야겠군요."

"그 방법밖에는 없겠소."

둘은 사례감에 가서 수로공에게 부탁했다. 수로공은 동창의 주국성이 청해서인지 트집 잡지 않고 부탁을 들어주었다.

그러나 당장 궁녀를 만나는 것은 힘들었다. 오늘 내원에 얘기했으니 내일이 되어서야 궁녀들을 탐문할 수 있었다.

"궁녀 탐문 수사는 내일 합시다."

"할 수 없군요."

무명과 주국성은 궁녀 수사를 다음으로 미루고 황궁을 나왔다. 도성 밖에서 환관 괴인에 대한 소문을 탐문하기 위해서였다.

둘은 말을 타고 도성을 돌아다니며 환관 괴인에 연류된 곳을 찾아나섰다.

주국성이 문파와 세가를 하나씩 말했다.

"도산파에서는 삼 년 전 일대제자가 실종됐습니다. 결투에 진 자의 귀를 자르는 잔혹한 성정으로 악명 높은 자였죠."

무명은 주국성이 실종된 자들의 면면이 하나같이 대단하다고 말하던 게 기억났다.

"강씨세가의 소공자는 더욱 재미있습니다. 그는 이 년 전에 실종됐는데, 고관대작의 부인만 골라 유혹해서 몸을 훔치는 버릇이 있었다고 합니다."

한 명은 손속이 잔인한 자. 한 명은 색마 파락호.

"흥미롭지 않습니까? 이런 자들만 골라 납치하는 환관 괴인은 대체 어떤 놈일까요?"

"……"

무명은 대꾸하지 않았다.

유난히 즐거워 보이는 주국성. 무명이 보기에 주국성도 환관 괴인이 딱 좋아할 만한 목표로 보였던 것이다.

"일단 그 두 곳부터 시작합시다."

"…그러지요."

무명이 맞장구를 치지 않자 주국성은 흥이 식은 듯한 표정이었다.

둘은 도산파와 강씨세가를 차례대로 방문했다.

하지만 탐문 수사는 순조롭지 않았다.

동창의 두 환관이 방문하자 두 곳은 정중하게 맞이했으나 내심 반기지 않는 얼굴이었던 것이다. 게다가 두 곳은 관과 연

줄이 없어서 중원의 관리들처럼 동창에게 벌벌 떨지 않았다.

그들은 달랑 차 한 잔을 내어줄 뿐 환관 괴인 소문은 모르는 척했다. 주국성이 실종자가 있지 않냐며 떠보아도 정색을 하며 뜬소문이라고 반박했다.

어찌 보면 당연했다. 세상의 어떤 문파와 세가가 제자와 자식이 실종된 일을 괴인의 짓이라며 자랑스럽게 떠벌리겠는가?

도산파와 강씨세가의 냉대에 지친 둘은 기루로 발길을 옮겼다.

"홍화루의 기녀 모영영은 자기 이름을 엉덩이에 문신으로 새긴 남자한테만 몸을 허락했다는군요."

무명은 쓴웃음을 지었다. 환관 괴인이 진짜 있다면 탐을 낼만큼 기녀의 성정이 특이했기 때문이다.

그러나 기루를 방문해도 사정은 마찬가지였다.

홍화루의 총관은 환관 괴인 얘기를 듣자 웃음을 터뜨렸다.

"환관 괴인이 모영영을 데려갔다고요? 하하하, 걔가 미쳤다고 환관을 따라간답니까? 사내가 없으면 밤에 잠을 못 자는 년입니다! 어이쿠, 제 말은 그런 뜻이 아니라……."

그는 눈앞에 두 환관이 있다는 것을 깨닫고 말을 얼버무렸다.

어쨌든 거짓말을 하는 것 같진 않았다. 그는 모영영이 기둥 서방이랑 달아났다고 철석같이 믿고 있었다. 사실 그것이 상식적인 생각이리라.

결국 하루 종일 도성을 돌아다녔지만 실마리 하나 건지지 못했다.

무명과 주국성은 한숨을 쉬었다.

"숨긴다고 치욕이 사라지는 건 아닐 텐데 말이오."

"동감입니다. 곪은 상처는 그냥 놔두면 골수까지 썩는 법이죠."

모처럼 둘의 기분이 일치하는 순간이었다.

어느새 하루가 끝나 있었다. 심신이 지친 둘은 황궁으로 돌아왔다.

그런데 다음 날 세 번째 목격자가 나왔다.

환관 괴인 출몰 이 일(二日) 전.

도성 탐문 수사는 허탕으로 끝났다.

문파와 세가는 황궁과 달리 수사에 크게 협조적이지 않았다. 괴소문에 얽힌 실종자가 사문에 있다는 사실을 숨기려 했기 때문이다.

무명과 주국성은 수사를 중지한 채 황궁으로 돌아왔다.

그리고 다음 날.

드디어 환관 괴인을 봤다는 세 번째 목격자가 나왔다.

세 번째 목격자는 다름 아닌 궁녀였다.

수로공은 교대 시간을 이용하여 무명이 작성한 인명부에 등재된 궁녀들에게 수사를 받도록 명을 내렸다. 확실히 동창의 세는 대단했다. 우수전의 입김이 없었더라면 수로공은 신경도 쓰지 않았으리라.

무명은 내원 근처에 있는 화원에서 궁녀들을 조사했다.

궁녀들이 길게 줄을 늘어섰다.

동창 환관이 괴담의 진상을 탐문한다는 얘기가 이미 파다하게 퍼져 있었다. 궁녀들은 목소리를 죽이면서도 끊임없이 수군거리는 것을 멈추지 않았다.

무명은 이제 환관 괴인이 실재한다고 여겼다. 우수전의 술책을 피하기 위해서는 반드시 그를 잡아야 했다.

그는 의욕적으로 탐문 수사를 시작했다.

하지만 수사는 진척이 더뎠다. 궁녀들이 소문에 곁가지를 붙이는 것은 물론, 있는 말 없는 말까지 지어냈던 것이다.

"환관 괴인은 키는 장대처럼 큰데 살결은 고목나무처럼 거칠어서 미라 같다고 합니다!"

"염소처럼 수염을 기르고 꾀죄죄한 게 볼품없는 자라고 들었습니다."

"키도 작고 호리호리한 것이 꼭 어린애 같다고 하던데요?"

궁녀들은 제각각 말이 달랐다.

그뿐 아니라 터무니없는 낭설을 말하는 궁녀도 있었다.

"환관 괴인은 얼굴이 백옥처럼 희고 입술은 붉은 미남자랍니다. 그는 강호의 무공 고수인데 궁녀와 사랑에 빠져서 납치했다고 합니다."

"그 얘기는 어디서 들었는가?"

"그건 모르겠는데요? 다들 아는 유명한 얘기라서."

"됐네. 가보게."

무명은 한숨이 나왔다.

궁녀들 탐문 수사는 시간만 잡아먹을 뿐 소득이 없었다. 간혹 그럴듯한 얘기를 꺼내는 궁녀도 있었지만 결론은 삼천포로 빠지기 일쑤였다.

"시간 낭비가 따로 없군요."

"수로공이 기회를 마련해 주셨으니 의무를 다합시다."

길게 늘어서 있던 궁녀들의 줄이 어느새 몇 명 남아 있지 않았다.

그런데 줄이 거의 끝나갈 무렵이었다.

"환관 나리들께 드릴 말씀이 있습니다."

궁녀 하나가 눈빛을 반짝이며 말했다.

주국성이 뱀 같은 시선으로 궁녀의 전신을 훑으며 속삭였다.

"용모도 색기도 부족한 아랫것이군요. 환관 괴인이 눈독을 들일 리 없습니다. 그냥 돌려보내죠?"

"……."

무명은 대꾸하지 않았다.

오히려 이상한 예감이 들어 궁녀를 물끄러미 쳐다봤다.

그녀는 지위가 낮은 나인 같았다. 외모는 청수했으나 얼굴의 분 화장이 비교적 옅으며 손의 살결이 거칠었다. 황제나 비빈을 모시기보다 허드렛일을 주로 한다는 뜻이었다.

무명이 주국성을 무시하고 말했다.

"가까이 와서 얘기해 보게."

"예."

궁녀가 둘의 앞으로 몇 발짝 다가왔다.

"제가 환관 괴인이 나타났을 때 두 번, 그 자리에 있었습니다."

"두 번이나 봤다고? 잘도 잡혀가지 않았군. 아니, 일부러 잡아가지 않은 건가? 흐흐흐."

주국성이 궁녀를 비웃으며 물었다.

"그래, 환관 괴인의 용모가 어떠했느냐?"

"이목구비는 본 적 없습니다."

"뭐라고? 네년이 지금 동창을 농락하려는 것이냐?"

그때 무명이 손을 뻗어 주국성을 가로막았다. 그리고 날카롭게 반문했다.

"질문이 틀렸소."

"장 공공! 지금 이년을 두둔하시는 겁니까?"

"궁녀가 한 말은 그게 아니오. 환관 괴인이 나타날 때 자리에 있었다는 것이지, 얼굴을 봤다는 얘기는 없었소."

"……."

주국성이 정곡을 찔렸는지 입을 다물었다.

무명이 궁녀를 보며 물었다.

"내 말이 맞느냐?"

"그렇사옵니다."

궁녀가 정중히 고개를 조아리며 대답했다. 그녀는 두 명의 동창 환관을 대하면서 조금도 당황하거나 겁에 질린 기색이 없었다.

주국성도 조금 뜻밖이라는 눈치였다.

"환관 괴인의 얼굴을 보지는 못했습니다만 그가 나타날 때 이상한 일이 있었습니다."

"그게 무엇이냐?"

"괴이한 냄새를 맡았습니다."

"냄새?"

"예. 환관 괴인이 나타날 때마다 탕약 냄새가 났습니다."

"무슨 탕약이었지?"

"탕약의 종류까지는 모르겠습니다. 단지 진하고 쌉쌀한 냄새가 아니라 코를 찌르는 시큼한 산미(酸味)가 섞여 있었습니다. 몸에 좋은 보약은 아닐 듯합니다."

"……"

무명과 주국성은 서로를 한번 쳐다봤다.

주국성이 인명부를 펼쳐서 궁녀의 이름과 환관 괴인이 출몰했던 날짜를 대조했다.

곧 그가 고개를 끄덕이며 말했다.

"사실입니다. 환관 한 명, 궁녀 한 명이 실종될 때 당직을 섰군요."

주국성이 궁녀의 증언을 확인했다.

무명은 무심결에 궁녀의 표정을 살폈다. 그때 문득 떠오르는 사람이 있었다.

'정영?'

그랬다. 눈앞의 궁녀는 정신이 올바르고 심지가 굳어 보이는 것이 꼭 정영을 닮아 있었다.

정영을 연상시켜서일까? 무명은 굳이 인명부를 들추지 않더라도 궁녀의 말을 믿을 수 있겠다는 기분이 들었다.

하지만 주국성은 여전히 의심이 가시지 않은 것 같았다.

"탕약 냄새라고? 혹시 술이나 음식 냄새와 혼동한 것은 아니고?"

궁녀는 침착하게 고개를 저었다.

"아닙니다. 고약하고 역겨운 냄새였습니다. 술과 음식일 리 없습니다."

"흐음."

단호하지만 차분한 궁녀의 대답에 주국성은 더는 추궁하지 못했다.

"냄새만 맡고 얼굴을 보지 못한 것이 분할 따름입니다. 꼭 그자를 잡아주십시오."

궁녀의 두 눈에 살짝 물기가 고여 있었다.

무명은 그녀가 실종된 궁녀와 절친한 사이였다는 것을 직감했다. 침착하고 심지가 굳은 것도, 반드시 복수를 하겠다는 다짐도 마치 정영을 보는 것 같았다.

"알겠소. 꼭 환관 괴인을 잡겠소."

"감사합니다."

"큰 도움이 되었소. 이만 가도 좋소."

"수고하시옵소서."

궁녀는 무명을 향해 깊이 허리를 숙인 뒤 몸을 돌려 가버렸다.

무명과 주국성은 궁녀들의 횡설수설에 지치는 바람에 점심 먹는 것도 잊어먹고 있었다. 하지만 남은 궁녀가 얼마 되지 않았기에 식사를 건너뛰고 나머지 탐문 수사를 모두 끝냈다.

궁녀들은 지금까지 탐문 수사를 행한 중에 가장 인원이 많았다. 하지만 대다수가 허황된 소문만 얘기해서 시간만 잡아먹었다.

그러나 큰 소득이 있었다.

환관 괴인에게서 탕약 냄새가 난다는 증언이었다.

주국성이 의미심장한 표정으로 말했다.

"철사장이군요."

철사장(鐵砂掌)은 소림사의 칠십이 가지 절예(少林七十二絶藝) 중 하나였다.

철사장의 수련 방법은 다음과 같았다.

콩이나 모래를 넣은 주머니를 장(掌)으로 치면서 단련한다. 이때 손날로 치거나 손바닥으로 때리는 등 타격 방법은 다양하다.

매일 수백 회 이상 주머니를 치고 모래 속에 손날을 깊숙이 찌른다. 수련이 일정 기한을 넘으면 모래 대신 녹슨 철 가루, 즉 철사를 넣어서 친다.

철사장을 십성으로 완성하면 손이 쇳덩이처럼 단단해져서 맨손으로 적의 근골을 부술 수 있다고 한다. 즉, 외공의 최고 경지에 속하는 무공이라 할 수 있었다.

그런데 철사장에는 한 가지 단점이 있었다.

"철사장은 수련 후에 탕약에 손을 담가 독을 풀어야 합니다. 궁녀가 맡은 냄새는 바로 철사장을 해독하는 탕약입니다."

만약 탕약으로 독을 푸는 과정을 생략하면 근골이 썩거나 망가진다.

때문에 소림사는 물론 철사장류의 무공을 수련하는 문파는 해독을 위한 탕약 제조법이 대대로 전해졌다. 탕약 제조법은 수없이 많았으며, 절대 문파 밖으로 누설하지 않는 비전이었다.

강철 같은 권장을 갖게 되는 외공, 철사장.

주국성은 궁녀가 탕약 냄새를 맡았다는 말을 듣고 환관 괴인이 철사장을 수련하고 있으리라 추리한 것이었다.

"장 공공, 어떻게 생각하십니까?"

"그럴듯한 추리이긴 하오."

"그럴듯하다고요? 무공 고수한테서 탕약 냄새를 맡았다면 철사장 말고 뭐가 있습니까?"

"정말 그렇게 생각하오?"

"당연하죠. 놈은 철사장을 수련하고 있는 게 틀림없습니다."

주국성이 자신만만하게 말했다.

무명은 더는 대꾸하지 않고 침음하며 생각했다.

'정말 환관 괴인이 철사장을 수련하고 있을까?'

무명이 보기에 주국성은 동창 환관이지만 동시에 강호인이 기도 했다. 무공에 대한 집착이 도를 넘는 것으로 보아 알 수 있었다.

'강호인은 자신의 강함에 만족하지 못하고 더욱 강함을 추구하는 법.'

때문에 주국성은 탕약 냄새를 철사장으로 철석같이 믿었다.

그러나 무명의 생각은 달랐다.

'환관 괴인은 벽공장을 출수할 만큼 심후한 내공의 소유자다.'

허공을 격타해서 적을 쓰러뜨리는 환관 괴인이 십 년 이상 걸려야 비로소 완성되는 철사장을 무엇 하러 수련한다는 말인가?

즉, 주국성의 추리는 강호인다운 억측이라고 할 수 있었다.

둘이 처소로 돌아와 뒤늦게 식사를 마치자 어느새 해가 떨어져 있었다.

"오늘은 여기까지 합시다."

무명은 그날 일을 마무리했다. 바쁜 것에 비해 실속이 없는 하루였다.

그러나 귀중한 정보를 얻었다.

무명은 환관 괴인의 용모파기에 한 줄을 추가했다.

'환관 괴인이 출몰할 때 코를 찌르는 시큼한 냄새가 난다. 탕약 냄새인지 철사장 해독약 냄새인지 아니면 다른 어떤 냄새인지는 알 수 없다.'

환관 괴인 출몰 일 일(一日) 전.

무명과 주국성은 새벽부터 일어나 세수를 하고 아침을 먹었다.

시간상으로 보면 내일이 보름날이었다. 그러나 환관 괴인은 보름달이 뜨는 밤에 출몰한다. 만약 그가 자정이 지나자마자 나타난다면?

결국 오늘 하루가 지나고 밤이 되면 환관 괴인이 출몰하는 날이 되는 셈이었다.

때문에 둘은 탐문 수사 채비를 서둘렀다.

주국성이 말했다.

"철사장을 익힌 자를 찾아야 됩니다."

무명이 냉담한 목소리로 반문했다.

"꼭 철사장을 수련해야 탕약 냄새가 나는 것은 아니오."

"무슨 뜻입니까?"

"의술을 익혀도 탕약 냄새가 몸에 밸 수 있소."

"하지만 궁녀가 몸에 좋은 보약 냄새는 아니었다고 하지 않았습니까?"

"사천 땅의 당문 사람들은 몸에 좋은 약을 만드느라 의술을 익히오?"

"……!"

주국성이 입을 살짝 벌리며 침음했다. 무명이 다시 한번 정곡을 찌른 것이었다.

강호의 사천당문은 독과 암기로 유명하다. 즉, 무명은 환관 괴인이 독약을 제조하는 자일지도 모른다는 추리를 내놓은 것이었다.

잠깐 멍하니 있던 주국성이 금세 혀를 날름거리며 말했다.

"과연 그렇군요. 독약 냄새일지 모른다는 점은 미처 생각하지 못했습니다. 역시 우 공공이 동창으로 모셔 오신 분답군요."

"과찬이오."

환관 괴인의 용모파기는 부족한 곳이 많은 허점투성이였다. 그러나 몸에 밴 냄새를 억지로 지울 수는 없다.

궁녀가 말한 탕약 냄새는 결정적인 증거가 될 수 있었다.

둘은 환관 공동 숙소로 향했다.

동창의 두 환관이 재차 숙소에 방문하자 환관들은 겉으로는 아첨을 하며 웃었으나 속마음은 불편해하는 기색이 역력했다.

주국성이 탐문 수사 전에 말했다.

"손이 검붉은 구릿빛으로 변한 자를 살피겠습니다. 그자가 철사장을 수련한 환관 괴인일 테니까요."

"좋을 대로 하시오."

무명은 무덤덤하게 대꾸한 다음 한마디 주의 사항을 덧붙였다.

"다음으로 냄새를 맡으시오. 하지만 시큼한 냄새가 나도 절대 반응하지 말고 모르는 척하시오."

"당장 잡지 않고 말입니까?"

"환관 괴인의 탕약 냄새가 아니라면 괜한 자를 잡았다가 시간 낭비만 할 뿐이오. 일단 용의자를 확보한 다음 몰래 증거를 찾읍시다."

"좋은 계책이군요."

수사는 빠르게 진행되었다. 환관의 이름을 묻고 인명부를 대조하는 척하면서 손을 살핀다. 동시에 냄새를 맡는 게 전부였다.

십여 명쯤 수사가 진행되었을 때 주국성이 속삭였다.

"적어도 환관 중에는 철사장 수련자가 없겠군요."

"그렇소."

실은 무명은 이미 예상하던 일이었다.

양손이 구릿빛으로 변하면 금세 사람들의 눈에 띈다. 강호에서도 철사장을 수련한 자는 여름에도 장갑을 끼고 다녀서 자신의 무공을 속이려 했다.

그런데 환관 괴인이 철사장을 수련하고도 십 년 이상 정체를 숨길 수 있었다고?

애초에 말이 안 되는 얘기였다.

주국성도 뒤늦게 그 사실을 눈치챈 것 같았다. 성정은 둘째 치고 생각이 꽉 막힌 자는 아니었다.

점심때가 되었을 무렵 모든 탐문이 종결되었다.

시큼한 냄새가 나는 자는 세 명이었다.

6장.

환관 괴인의 정체

모두 세 명의 환관에게서 시큼한 냄새가 났다.

냄새의 정체가 무엇인지는 알 수 없었다. 하지만 궁녀의 말처럼 코를 찌를 만큼 고약하면서 산미가 느껴지는 냄새를 풍겼다.

세 환관은 각각 장술, 황숙, 유벽이란 자들이었다. 환관 괴인 용의자가 세 명으로 좁혀진 것이었다.

"당장 동창으로 잡아가서 심문하겠습니다."

"고작 몸에서 냄새가 난다는 것을 증거라고 할 수는 없소."

무명이 냉담하게 반문했다.

"설령 심문을 한다고 쳐도 자신이 환관 괴인이라고 자백하겠소?"

"동창을 잘 모르시는군요. 우리는 범인이 자백할 때까지 심문합니다."

무명은 쓴웃음을 지었다. 그건 심문이 아니라 고문이겠지.

"만약 셋 중에 환관 괴인이 없는데 내일 실종자가 나오면 그때는 어찌할 셈이오?"

"……."

주국성은 말문이 막혔는지 대답을 못 했다.

"세 명 중에 환관 괴인이 있다면 오늘 밤 행동에 나설 것이오. 잠복해 있다가 그때를 노려 괴인을 잡읍시다."

"납치 현장을 덮치자는 말씀이군요?"

"바로 그렇소."

둘은 환관 괴인이 출몰하는 현장을 덮치자는 데 동의했다.

마침 세 용의자가 오늘 밤 당직을 섰다. 그들은 일하는 곳이 제각각 달랐기 때문에 감시 인원이 더 필요했다. 주국성이 동창에 들러서 부하 환관 두 명을 차출해 왔다.

두 환관의 이름은 양순과 유지청이었다.

무명은 양순과 유지청에게 환관 괴인의 용모파기를 알려주었다.

둘이 용모파기를 보더니 말했다.

"모든 게 불명이고 밝혀진 사실은 거의 없군요."

"그렇소. 그나마 알아낸 건 그게 전부요."

"환관 괴인의 무공 수위가 이처럼 뛰어나다면 황궁 사람이 아니라 강호의 인물일 가능성도 있지 않습니까?"

"물론이오. 하지만 일단 그 가능성은 접어둡시다. 우리는 내일 황궁에 환관 괴인이 출몰할 것을 예상하고 움직여야 하오."

"잘 알겠습니다."

주국성이 세 용의자를 추적할 인원을 정했다.

"나와 장 공공은 장술을 맡겠다. 양순은 황숙, 유지청은 유벽을 맡아라."

"예."

그는 무공을 모르는 무명을 자신과 동행하도록 했다. 무명도 반대할 이유가 없었다.

양순과 유지청도 눈가에 서슬 퍼런 안광이 비치는 것이 무공을 수련하는 것 같았다. 주국성이 둘에게 용의자 한 명씩을 할당한 것은 그런 까닭에서였다.

아직 밤이 되기까지 시간이 있었다. 네 명은 각자 할 일을 맡은 다음 헤어졌다.

무명은 처소에서 환관 괴인을 잡기 위한 작전을 구상했다.

주국성은 금위군의 협조를 요청하도록 우수전에게 청을 하러 갔다.

양순과 유지청은 환관 괴인을 상대하기 위한 무기를 조달하러 동창으로 갔다.

각자 임무를 끝낸 네 명은 무명 처소에서 다시 모였다. 넷은 저녁을 먹으면서 작전을 얘기하기로 했다.

그런데 네 명을 보고 깜짝 놀란 자가 있었다.

바로 저녁 준비를 하러 온 소행자였다.

"장 공공, 오늘도 식사를 이 인분 준비할까요? 헉! 저분들은 또 누구……."

"동창분들이시다. 오늘 저녁은 사 인분을 가져와라."

"예에……."

소행자는 연신 고개를 갸우뚱거리며 바쁘게 달려갔다.

네 명은 식사를 기다리면서 작전을 얘기했다.

"가장 의심스러운 자는 장술이오. 그는 의술이 고명하여 평소 다른 환관에게 침이나 뜸을 놓아준다고 했소."

"탕약 냄새가 몸에 배었다고 해도 무리가 아니군요."

"맞소."

무명이 고개를 끄덕이며 말을 이었다.

"밤이 되면 세 용의자 추적을 시작합시다. 주의할 점은 뒤만 쫓을 뿐, 환관 괴인이 범행을 저질러도 절대 앞으로 나서지 않는 것이오."

"그냥 보고만 있으라고요?"

"환관 괴인은 무공 수위를 짐작할 수 없는 고수요. 누구 벽공장을 이길 자신이 있소?"

"……."

동창의 세 환관은 입을 다물었다.

벽공장을 출수하는 자는 적어도 일류 고수, 어쩌면 절정 고수이리라. 자존심이 하늘을 찌르고 무공 또한 만만치 않은 동창 환관이었지만 벽공장을 상대로 이긴다는 말은 함부로 꺼내지 못했다.

"주 공공, 준비했소?"

"물론입니다, 양순."

"예."

양순이 주국성의 명을 듣고 동창에서 가져온 물건을 꺼냈다.

그것은 줄을 당기면 화염이 발사되어 밤하늘에 불꽃을 밝힐 수 있는 신호탄이었다.

황궁은 크기가 웬만한 도시 못지않았다. 용의자로 지목된 환관들이 각자 당직을 서는 곳은 꽤 거리가 떨어져 있었다. 때문에 무명은 용의자가 확정되었을 때를 위해 신호탄을 준비시킨 것이었다.

주국성이 무명에게 말했다.

"신호탄을 쏴도 문제가 없도록 우 공공이 금위군에게 말을 해놓았습니다."

"좋소. 환관 괴인을 본 자는 신호탄을 쏴서 위치를 알리시오. 그럼 모두 모여서 환관 괴인을 포위하고 붙잡읍시다."

"예."

네 명은 각자 신호탄 하나씩을 챙겨서 품에 넣었다.

그때였다.

문가에서 정체를 알 수 없는 부스럭대는 소리가 들렸다.

양순과 유지청이 눈빛을 주고받더니 품에 손을 넣어 무언
가를 꺼냈다.

스윽. 버드나무 잎처럼 생긴 수리검(手裏劍)이었다.

순간 무명이 손을 들며 저지했다.

"멈추시오."

그때 소행자가 큰 쟁반을 들고 헐레벌떡 처소로 들어왔다.

양순과 유지청이 쓴웃음을 지으며 수리검을 다시 넣었다.
무명이 끼어드는 게 조금만 늦었어도 하마터면 큰일이 날 수
있었다.

하지만 소행자는 염라대왕 앞에 갈 뻔한 것을 까맣게 모르
는 얼굴이었다.

"장 공공, 국수를 가져왔습니다."

쟁반에는 국수가 가득 담긴 그릇 네 개가 놓여 있었다.

"마침 주방에서 회면을 끓이고 있더라고요. 그럼 맛있게 드
십시오!"

소행자는 쟁반을 탁자에 놓은 뒤 꾸벅 허리를 굽히고 돌아
갔다.

무명이 말했다.

"국수가 불겠소. 먹은 다음 계속 얘기합시다."

넷은 젓가락을 들고 회면을 먹었다.

회면은 하남 땅에서 자주 해 먹는 국수다. 소행자가 가져온 것은 닭 육수에 면을 끓인 뒤 삶은 양고기를 토막 썰기 해서 고명으로 얹은 회면이었다.

담백한 육수에 기름진 양고기가 잘 어울렸다. 게다가 국수는 후후 불면서 먹어야 할 만큼 뜨거웠다.

"방금 끓인 국수를 서둘러서 가져왔군요. 동자 환관이 장 공공께 품은 충심이 제법 깊은가 봅니다."

"……."

주국성이 한마디 했지만 무명은 대꾸하지 않고 면을 먹었다.

다른 자가 말했다면 농담으로 여기며 웃었겠으나 속마음이 뱀 같은 주국성이 말하자 진의를 알 수가 없었기 때문이다.

허기가 진 지 오래였다. 넷은 회면 한 그릇을 게 눈 감추듯 먹어 치웠다.

하늘은 점점 어두워져서 어느새 캄캄해져 있었다.

낮에는 하루 종일 구름이 짙게 끼고 하늘이 흐렸다. 그런데 밤이 되자 거짓말처럼 구름이 걷히더니 달이 나왔다.

휘영청 밝은 보름달이었다.

해시(亥時)가 지나고 곧 자시(子時)가 가까워졌다.

자시의 중간이 바로 자정이다. 자정이 지나면 환관 괴인이 출몰하는 날이 되는 것이다.

무명을 포함한 네 환관은 자시가 되자 처소에서 나왔다.

"시작합시다."

넷은 각자 맡은 위치로 흩어졌다. 탐문 수사는 본격적인 추적 수사로 바뀌었다.

자정이 지났다.

환관 괴인 출몰 당일이 된 것이었다.

무명과 주국성은 가장 의심스러운 용의자인 장술의 뒤를 미행했다.

하지만 장술의 행동은 평범하기만 했다.

그는 황제의 수라에 쓰이는 음식을 담당하는 상선감 환관이었다. 오늘도 내일 황제와 비빈의 밥상에 오를 반찬을 준비하느라 밤을 새는 것 같았다.

혹시 그가 냄새를 풍기던 것은 항상 음식 준비를 하기 때문이 아닐까?

주국성도 그 점을 의식했는지 말했다.

"상선감 환관이라 냄새가 난 것은 아닐까요?"

"아직 단언하기는 이르오. 그동안 음식 냄새가 나는 일을 해서 탕약 냄새를 감추었을 수도 있소."

"일리가 있군요."

그러나 말과는 달리 무명은 장술에 대한 의심이 점점 희미해지는 것을 느꼈다.

다른 이유 하나가 더 있었기 때문이다.

장술은 무명과 주국성의 존재를 전혀 눈치채지 못했다. 그가 환관 괴인이라면 주국성은 몰라도 무명의 발소리와 기척을 모를 수는 없었다. 즉, 장술이 무공 고수가 아니라는 뜻이었다.

하지만 그것 역시 단언하기는 일렀다.

알면서 일부러 모르는 척하는 것일 수도 있었으니까.

무명과 주국성은 지루함을 참으며 장술의 뒤를 밟았다.

이미 자정이 지난 지 한참이었다. 그러나 아직 아무도 밤하늘에 신호탄을 쏘아 올리지 않고 있었다.

세 명의 용의자 중 아무도 환관 괴인이 아니며 실은 따로 있을 가능성도 높았다.

과연 환관 괴인은 누구인가?

무명과 주국성이 화원에 숨어서 장술이 건물에서 나오기만 기다리고 있을 때였다.

타타탓…….

등 뒤에서 누군가가 화원 그림자 속을 바쁘게 지나갔다.

주국성이 고개를 돌리며 물었다.

"누구냐? 거기 서라!"

정체불명의 인영이 깜짝 놀라며 제자리에 발을 멈췄다.

그런데 인영의 정체를 확인한 무명과 주국성은 절로 한숨이 나왔다. 그림자는 다름 아닌 소행자였던 것이다.

소행자가 어리둥절한 표정으로 물었다.

"장 공공 아니십니까? 여기서 뭘 하고 계십니까?"

"……."

주국성은 김이 샜는지 땅바닥을 발로 찼다.

무명이 나직하게 말했다.

"네가 알 것 없다. 그보다 너는 이 밤중에 무슨 일이냐?"

"왕 공공에게 약초를 가져다드리고 있습니다."

"약초?"

그러고 보니 소행자는 갖가지 약초가 든 커다란 바구니를 품에 안고 있었다.

"왕직이 약초 심부름을 시켰다고?"

"네. 아직 모르셨습니까?"

소행자가 고개를 갸우뚱하며 말했다.

"왕 공공은 산과 들에서 캐 온 약초로 매일 탕약을 끓이십니다."

"뭣이?"

무명과 주국성은 깜짝 놀라 서로를 쳐다봤다.

"전에 한번 물어봤는데 탕약을 끓여서 방중술에 기가 막힌 춘약을 만든다고 하십니다. 우리 같은 환관이 춘약은 대체 무엇에 쓰겠다고……."

소행자가 어이없다는 듯이 중얼거렸다.

"왕직은 지금 어디 있느냐? 공동 숙소냐?"

"아닙니다. 왕 공공은 따로 작은 방이 한 칸 있습니다."

무명이 눈길을 보내자 주국성도 고개를 끄덕였다. 장술은 아무리 봐도 아니었다. 그보다 새롭게 용의자로 떠오른 왕직의 행동이 수상쩍었다.

"왕직 처소로 안내해라."

"네에……."

소행자도 그제야 무언가 일이 잘못됐다는 걸 깨달은 눈치였다.

무명과 주국성은 소행자를 앞장세우고 왕직 처소로 향했다.

곧 셋은 처소에 도착했다.

뜻밖에도 왕직 처소는 제법 큰 건물이었다. 무명이 물었다.

"왕직 방은 작은 곳 한 칸이라고 하지 않았느냐?"

"네. 방 한 칸만 쓰시고 다른 곳은 공동으로 쓰는 창고입니다. 하지만 약초를 거기다 보관하시고 탕약도 끓이는 것 같습니다."

들으면 들을수록 의심이 깊어졌다.

"잘 들어라. 왕직을 불러서 약초를 내어주어라. 그런 다음 돌아가도 좋다. 대신 우리가 여기 있다는 것은 절대 말해서는 안 된다."

"예……."

소행자는 불안한 표정으로 고개를 끄덕인 뒤 건물로 다가갔다.

무명과 주국성은 건물 처마에 드리워진 그림자 속에 숨어서 상황을 지켜봤다.

"왕 공공, 소행자입니다."

소행자가 말하자 처소에서 왕직이 삐죽 고개를 내밀었다.

"가져왔느냐?"

"예."

"창고에 가져다 놓아라."

소행자가 바구니를 들고 안으로 들어갔다. 그러자 왕직은 좌우를 한번 둘러본 다음 몸을 돌리는 것이었다.

무명이 말했다.

"왕직의 복장을 보았소?"

"물론입니다. 한밤인데 잠자리에 들 옷이 아니라 관복을 챙겨 입고 있군요."

"신호탄을 쏘시오. 양순과 유지청이 오면 왕직을 잡읍시다."

그런데 주국성의 대답이 이상했다.

"굳이 둘을 부를 필요는 없을 것 같습니다."

"무슨 뜻이오? 환관 괴인을 우리 둘이서 상대하자는 것이오?"

"그런 말은 아닙니다. 단지 왕직은 환관 괴인이 아니라는 뜻입니다."

"뭐요? 왜?"

"실은 그자가 만든 춘약을 종종 쓰거든요."

주국성이 어깨를 으쓱거리며 말했다.

"동창은 궁녀들을 심문할 때 춘약을 씁니다. 몸은 달아오르는데 쾌락을 풀지 못하는 고통은 죽는 것만큼 힘든 법이죠."

"그럼 왕직은 환관 괴인이 아니란 말이오?"

"그렇습니다. 실은 동창은 환관 괴인의 정체를 이미 알고 있었습니다."

"……."

주국성의 말이 점점 괴이해지고 있었다.

무명이 물었다.

"그럼 누구요?"

"왕직이 만든 춘약은 제법 효능이 뛰어납니다. 동창이 요긴할 때 잘 쓰고 있죠."

주국성이 혀를 날름거리며 말했다.

"그러니 왕직은 환관 괴인이 아닙니다. 실은 환관 괴인은 따로 있습니다."

"그게 나라는 말이오?"

"맞습니다. 장 공공이 바로 환관 괴인입니다."

"……."

무명이 침을 꿀꺽 삼키며 침음하다가 물었다.

"내가 환관 괴인이라는 증거라도 있소?"

"물론 있습니다."

주국성이 기다리고 있었다는 듯이 말을 꺼냈다.

"전 금위군 총대장의 실종이 바로 장 공공이 환관 괴인이라는 증거입니다."

"총대장의 실종은 확실히 수상쩍은 일이오. 하지만 나는……."

"정혜귀비의 처소가 불타던 날, 장 공공은 그곳에 있던 네 명 중 한 명입니다. 수로공, 궁녀, 총대장, 장 공공."

주국성이 무명의 말을 자르며 말했다.

"그날 귀비 처소에 망자가 나타났다죠? 총대장은 망자를 조사하러 아래층으로 내려갔습니다. 그때 함께 내려간 자가 바로 장 공공이죠."

주국성은 이미 그날 일을 훤히 꿰고 있었다. 아마도 수로공이 우수전에게 자세한 사정을 들려주었으리라.

"그런데 장 공공은 총대장 없이 혼자 살아서 위층으로 돌아왔습니다. 이후 총대장은 불에 타 죽었다고 알려졌지만 실은 행방불명되었고 말이죠."

"그게 모두 내가 한 짓이라고?"

"아닙니까? 아니라면 진상을 들려주십시오. 기꺼이 듣겠습니다."

"……."

무명은 말문이 막혀 버렸다.

주국성의 얘기는 무명이 범인이라는 것만 제외하면 모두 사실이었다.

하지만 무명은 진상을 말할 수 없었다. 심계를 써서 청일이 망자들의 손아귀에 떨어지도록 만든 것은 무명 자신이 아닌가?

"왜 대답을 못 하십니까? 뭔가 찔리는 것이라도 있으신가 보죠?"

주국성은 추궁을 멈추지 않고 무명을 몰아붙였다.

"요 며칠간 장 공공을 철저히 감시했습니다. 한데 망자비서를 어디에 숨겼는지 전혀 모르겠더군요."

"…그래서 밤에도 붙어 있던 것이오?"

"물론입니다. 장 공공을 수사하는 것은 참으로 애먹는 일이었습니다. 심부름꾼 왕직과 시종으로 부리는 동자 환관만 있을 뿐 황궁에 딱히 친분이 있는 자가 없더군요."

주국성이 한숨을 쉬며 어깨를 으쓱했다.

그럴 수밖에 없었으리라. 무명 자신도 과거 기억을 잃은 터인데 남이 어떻게 그의 과거를 캐낸다는 말인가.

"장 공공의 방도 샅샅이 뒤졌지만 아무것도 나오지 않았죠. 단지 침상 밑에 이상한 통로가 있더군요."

"……"

무명은 뜨끔했지만 짐짓 태연한 척했다.

다행히 주국성은 통로의 정체는 알아내지 못한 것 같았다. 불가의 방으로 이어지는 통로는 탈출할 수만 있을 뿐 거꾸로 올라가는 것은 불가능하니까.

"황궁에 수많은 비밀 통로가 있다는 사실은 비밀도 아닙니다. 그런데 장 공공 침상 밑의 통로는 중간에 더 이상 갈 수 없었죠. 우 공공은 바로 정혜귀비의 처소로 이어지는 통로라고 짐작하셨습니다."

그 말에 무명은 심장이 덜컥 내려앉았다.

우수전과 주국성이 지하도시의 존재를 모르는 것은 다행이었다. 그러나 그것이 무명에게 더욱 안 좋은 증거가 되어버린 셈이었다.

아니나 다를까, 주국성이 그 점을 지적했다.

"귀비 처소가 불타던 날, 비밀 통로를 통해 총대장을 옮긴 게 아닙니까?"

무명은 할 말을 잃어버렸다.

그는 이제 우수전의 진짜 흉계를 깨달았다.

정혜귀비 처소의 통로와 무명 방의 통로는 서로 이어져 있다. 무명은 청일을 통로로 옮겨서 죽은 것처럼 꾸몄다.

그리고 사람들을 납치하는 환관 괴인이 황궁에 거하고 있다.

세 가지는 모두 추측에 불과할 뿐 사실이 아니었다.

하지만 우수전은 세 가지 추측을 한데 모아서 무명에게 청일을 납치한 환관 괴인이라는 낙인을 찍는 데 성공한 것이었다.

주국성이 무명과 동행하며 벌인 일은 탐문 수사도 추적 수사도 아니었다.

무명에게 누명을 씌우려는 함정 수사였다.

잠시 침음하고 있던 무명이 입을 열었다.

"우 공공의 뜻은 잘 알겠소. 그런데 굳이 이렇게까지 일을 벌일 필요가 있었소? 그냥 나를 잡아다가 심문하면 그만 아니오?"

"장 공공은 심계가 뛰어나시다고 들었습니다. 한번 추리해 보시죠?"

무명은 냉담한 목소리로 대답했다.

"첫째, 내 주의를 환관 괴인 수사에 돌린 뒤 망자비서를 찾기 위해서요."

"맞습니다."

"둘째, 무림맹에게 경고를 하기 위함이오.'

"과연 대단하시군요!"

주국성이 손을 들어 짝짝짝 박수를 쳤다.

"황궁은 사람 하나 죽어도 쥐도 새도 모르는 곳입니다. 하지만 우 공공은 무림맹의 세작을 그냥 없애기보다 공개적으로 잡아들이는 것이 무림맹에게 본때를 보여줄 수 있을 것이라고 생각하셨죠. 어떻습니까, 동창의 심계는?"

"…명불허전이오."

"감사합니다."

"어쨌든 처음부터 환관 괴인 같은 건 없었다는 얘기군."

"아닙니다. 장 공공이 환관 괴인이라니까요? 흐흐흐."

주국성이 혀로 입술을 날름 핥았다.

동시에 품에 손을 넣어 무언가를 꺼내 들었다.

번쩍!

주국성이 손에 든 물건이 달빛을 반사했다. 바로 수리검이었다.

"그만 동창으로 가실까요? 장 공공을 위해 고문방 하나를 비워두었습니다. 깨끗이 청소를 했지만 피 냄새는 가시지 않더군요."

무명은 어떻게든 시간을 끌어보려고 했다.

"나는 무공을 모르는 몸이오. 굳이 수리검을 꺼낼 필요야 있겠소?"

"왜 이러십니까? 태연자약한 척을 하시면서 실은 도망칠 궁리를 하신다는 것, 잘 알고 있습니다."

"양순과 유지청은? 둘을 기다려야 하지 않소?"

"둘은 지금 궁녀를 납치하느라 바쁠 겁니다."

"궁녀를 납치한다고?"

"예. 오늘 밤 환관 괴인이 궁녀 하나를 납치해야 되거든요."

"그리고 당신은 나를, 아니, 환관 괴인을 붙잡아서 동창으로 호송한다는 계획이오?"

"잘 아시는군요."

우수전과 주국성의 계획은 치밀하기 짝이 없었다.

'환관 괴인 누명을 벗기는 힘들겠군.'

마치 거미줄에 걸린 나방처럼 벗어나려고 움직일수록 끈끈한 거미줄이 몸을 붙들어 맸다.

"장 공공, 그만 가시죠."

주국성이 손을 내밀며 말했다.

"내 발로 갈 테니 걱정 마시오."

무명이 동창 쪽을 향해 몸을 돌렸다.

그때였다.

푸슛! 무명의 옆구리에서 강렬한 불꽃이 일었다. 무명이 주국성에게 등을 돌리는 것과 동시에 양순에게 받은 신호탄을 뒤로 쏜 것이었다.

신호탄이 주국성의 얼굴을 향해 직통으로 날아들었다.

하지만 주국성은 두 발을 떼지도 않은 채 고개만 돌려서 가볍게 신호탄을 피했다.

쉬이익… 퍼엉!

허공을 날아간 신호탄이 화원의 커다란 나무에 맞아 폭발했다. 번쩍이는 불꽃이 주변을 대낮처럼 환하게 밝혔다.

그러나 섬광은 금세 잦아들었다.

주국성은 그림자 하나가 건물로 뛰어 들어가는 것을 목격했다.

"권주를 마다하고 벌주를 마시겠다? 동창은 벌주가 없다.

마시면 죽는 독주만 있을 뿐."

그는 뒷짐을 진 채 여유 만만하게 무명을 뒤쫓았다.

"이자가 정말 심계 하나로 당금 무림을 갖고 논다는 자인
가?"

주국성은 우수전과 나눴던 대화를 떠올렸다.

'장량이 함정에 걸려들면 바로 중상을 입히고 잡아 와라. 놈
은 심계가 깊고 냉혹한 자다. 한낱 백면서생처럼 보인다고 무
시하지 마라.'

'잘되었군요. 제 능력을 시험해 보실 기회를 찾지 않으셨습
니까?'

우수전은 장량을 높이 평가하는 것 같았다.

하지만 주국성은 그가 그토록 유명한 세작이라는 사실이
믿기지 않았다.

며칠 동안 본 장량은 잔머리만 조금 굴릴 뿐 조금도 대단
해 보이지 않았다. 게다가 무공도 수련한 적 없는 일반인 아닌
가?

주국성은 용의자를 추적할 때가 가장 즐거웠다.

용의자가 도망치고 도망치다가 결국 붙잡히는 순간, 얼굴에
서 모든 희망이 사라지는 꼴을 보는 게 그가 세상에서 가장
즐기는 놀이였다.

그리고 두 번째로 즐기는 놀이는 고문이었다.

그가 우수전에게 대답하듯 중얼거렸다.

"저도 재미 좀 봐야죠, 흐흐흐."

무명은 다급히 건물로 뛰어 들어갔다.

그는 몸을 돌리는 척하며 등 뒤로 신호탄을 쏘았다. 벽력당의 섬광탄처럼 주국성을 눈부시게 만든다면 잠시 시간을 벌 수 있으리라는 계책에서였다.

그러나 계산은 착오였다.

신호탄은 나무에 맞아 작은 불꽃을 터뜨린 다음 그대로 사그라들었다. 그것만으로는 무공 고수인 주국성을 따돌릴 수 없었다.

곧 주국성이 건물로 들어올 것이다.

'동창에 잡혀가면 끝장이다.'

주국성을 피해서 도망쳐야 했다. 가능하다면 이참에 아예 황궁을 떠나는 것도 좋았다.

하지만 어떻게?

무명은 입이 바싹 타들어갔다.

'도움을 청할 자가 없을까? 송연화?'

그러나 송연화는 내원에 있을 게 뻔했다. 이 밤중에 내원에 들어갈 수도 없을뿐더러, 간다고 해도 그녀를 찾기 전에 주국성에게 먼저 붙잡히리라.

다행인 것은 건물이 기름불 하나 없어서 칠흑같이 어둡다는 것이었다.

무명은 소리를 죽인 채 어둠 속을 걸었다.

'숨소리도 들키면 안 된다.'

발소리를 줄이는 것은 물론 숨도 크게 쉴 수 없었다. 마치 망자를 피해서 도망치고 있는 것 같았다.

건물은 밖에서 보던 것보다도 더욱 넓었다.

곧 이 층으로 올라가는 계단이 나왔다.

'위로 올라가서 숨은 다음 주국성을 따돌릴까?'

무명은 계책을 궁리하다가 고개를 저었다.

위층에는 왕직의 처소를 포함해서 수많은 방이 있으리라. 하지만 좁은 곳에 스스로 틀어박힌다면 잠시 시간을 벌 수 있을 뿐 결국 주국성에게 잡히는 것은 변하지 않는다.

그때 무명의 시야에 무언가가 들어왔다.

복도 끝에 어둠 속으로 이상한 공간이 어렴풋이 보이는 게 아닌가?

'뭐지?'

소리를 죽인 채 재빨리 이동한 무명은 공간의 정체를 알 수 있었다.

막다른 곳이어야 할 복도 끝에 벽이 뻥 뚫린 것처럼 열려 있었다. 그리고 어두운 공간 너머로 밑으로 향하는 계단이 나 있었다.

무명은 직감했다.

'비밀리에 만든 지하실이군.'

소행자가 말하길 왕직은 방 한 칸만 쓰고 건물 다른 곳은 공동 창고라고 했다. 또한 왕직은 그곳에서 약초를 보관하고 탕약을 끓인다고 했다.

하지만 왕직이 쓰는 곳은 지상에 있는 창고가 아니었다.

'환관이 춘약을 제조하는 것은 대죄다. 들키지 않게 지하에 비밀 방을 만든 것이었군.'

공기가 잘 통하지 않는 지하실에서 약초를 빻고 탕약을 끓인다면 몸과 옷에 시큼한 냄새가 배는 것도 당연할 것이다.

'지하로 내려가자.'

건물의 크기로 볼 때 지하실은 상당히 넓으리라 예상되었다. 또한 눈앞의 계단 말고 지하실은 또 다른 출입구가 있을 가능성도 높았다.

'이런 곳은 항상 비밀 통로가 있는 법이지.'

마치 황궁 밑에 거미줄처럼 연결되어 있는 망자들의 지하도시처럼.

무명은 발소리를 죽이며 지하실으로 내려갔다.

지하실은 꽤 깊은 곳에 있었다. 무명은 계단을 수십 개 넘게 내려간 뒤에야 지하실에 도착했다.

지하실 벽에는 군데군데 기름불이 타고 있었다. 자정이 지나서 칠흑처럼 어두운 지상보다 사물의 윤곽을 구분할 수 있는 지하 쪽이 오히려 더 밝게 느껴졌다.

그런데 발을 옮기려던 무명은 흠칫하며 동작을 멈췄다.

지하실이 생각보다 크고 넓었기 때문이다.

지하실은 천장이 어디인지 모를 만큼 높았다. 계단을 수십 개 이상 내려왔으니 당연했다.

또한 좌우에 집채만큼 커다란 짐들이 쌓여서 벽을 만들고 있었다. 지하실을 이동하려면 짐들 틈으로 난 사잇길을 따라 걸어야 했다.

실로 거대한 창고였다.

게다가 지하실의 특징이 하나 더 있었다.

어디선가 코를 찌르는 시큼한 냄새가 풍긴다는 점이었다.

지하실의 정체가 아무래도 수상했다. 반면 한 가지 좋은 점도 있었다.

'주국성을 피해서 숨을 곳은 많다.'

무명은 발소리를 조심하며 이동했다.

짐들이 불규칙적으로 쌓여 있어서 사잇길은 미로를 방불케 했다. 지나온 길을 기억하는 것이 지하도시의 책가도를 외우는 것만큼 어려웠다.

하지만 그 또한 무명에게는 잘된 일이었다. 주국성도 뒤를 추적하는 데 골머리를 썩일 테니까.

그때 갑자기 길이 끝나며 작은 공터가 나왔다.

순간 무명은 침을 꿀꺽 삼키며 제자리에 멈춰 서고 말았다.

어두운 공터에 수십 명이 넘는 망자들이 우두커니 서 있었던 것이다.

"……!"

무명은 즉시 제자리에 정지하며 호흡을 멈췄다. 그리고 조용히 공터를 지켜봤다.

다행히 망자들은 무명의 존재를 눈치채지 못했는지 꼼짝도 하지 않았다.

그러나 완전히 마음을 놓을 수는 없었다.

불가의 방에 있었던 환관 곽평도 처음 볼 때는 미라인 줄 알았는데 핏물이 묻자 망자로 깨어나지 않았던가? 또한 지하도시의 광장에서도 수천 명의 망자 병사들이 오와 열을 갖춘 채 움직이지 않고 있었다.

언제 망자들이 달려들어서 무명을 뜯어 먹을지 모르는 상황.

하지만 무명은 위기를 기회로 여겼다.

'공터를 돌파하자.'

앞에는 망자들, 뒤에는 주국성. 어차피 되돌아가도 도망칠 곳은 없었다.

그렇다면 차라리 망자들을 피해 공터를 지나간다면?

주국성이 무명을 뒤쫓다가 망자들을 깨울지도 모르는 일이다. 그럴 경우 무명은 주국성을 망자들에게 떠넘기고 유유히 도망칠 수 있으리라.

무명은 숨을 완전히 멈춘 다음 무표정을 유지한 채 망자들을 향해 걸었다.

하지만 절대 멈출 수 없는 것이 있었다.

쿵, 쿵, 쿵.

망자들에게 다가갈수록 심장이 크게 요동쳤다.

한 걸음, 한 걸음…….

무명은 살얼음판을 걷는 것처럼 망자들에게 다가갔다.

그런데 망자들의 모습이 어딘가 이상했다.

망자들은 대개 두 가지 중 하나였다. 구자개처럼 겉으로 봐서는 산 자와 전혀 구별이 안 되는 망자, 아니면 혈귀처럼 살점이 썩고 문드러져서 걸어 다니는 시체 꼴인 망자.

하지만 눈앞의 망자들은 둘 다 아니었다.

무명은 의아했다.

'설마 새로운 종류의 망자인가?'

망자들과의 거리가 일 장 가까이 줄어들었을 때였다. 무명은 흠칫 놀라며 자기도 모르게 신음성을 흘렸다.

"으음, 이건……."

공터에 있는 자들은 망자가 아니었다.

어두컴컴한 공터에 우두커니 서 있는 것은 정교하게 잘 만들어진 인형들이었던 것이다.

"인형?"

아무리 망자라고 해도 살결에 핏기가 한 점도 없을 수는 없다. 눈앞의 인물들은 피부가 창백한 것을 넘어서 얼어붙은 호수를 보는 것처럼 시퍼런 기운이 감돌고 있었던 것이다.

무명이 멍하니 중얼거렸다.

"왜 이런 곳에 인형이?"

인형들은 키와 체구가 실제 사람들과 똑같았다. 무명이 인형들을 망자로 착각한 것도 무리가 아니었다.

괴이한 것은 인형들이 제각각 다른 자세를 취하고 있다는 점이었다.

백의를 입고 두건을 쓴 인형은 탁자에 앉아 찻잔을 들고 있었다. 상의를 벗어 울퉁불퉁한 근육을 드러낸 인형은 기마 자세를 취하고 무공을 수련하고 있었다.

심지어 연분홍빛 옷을 곱게 차려입은 두 남녀 인형은 서로를 끌어안은 채 막 입을 맞추려는 자세였다.

마치 산 자의 생활상을 그대로 재현해 놓은 듯한 인형들.

만약 피부에 생기가 남아 있었더라면 수많은 인물들이 무공 고수에게 점혈을 당한 것으로 착각할 만한 광경이었다.

그때였다.

휘익!

어둠 속에서 누군가가 날아와 무명의 앞을 가로막으며 착지했다.

"장 공공, 시간 낭비는 이쯤 하시죠?"

어느새 주국성이 무명을 따라잡은 것이었다.

"저는 밤을 새워 일하는 것을 무척 싫어합니다. 곱게 죽고 싶으시면 이제 순순히 따라오시는 게 좋을 겁니다."

"…저기를 보시오. 지하실 상황이 심상치 않소."

무명이 인형들을 가리켰다. 어떻게든 시간을 끌려는 심산이었다.

물론 시간을 끈다고 해서 뾰족한 수는 없었지만…….

주국성이 흘깃 시야만 돌려서 인형들을 보더니 말했다.

"환관 놈들, 이런 곳에서 수상한 짓거리를 행하고 있었군요."

"수상한 정도가 아니라 괴이하기 짝이 없소."

"이런, 아직도 모르시겠습니까?"

주국성이 혀를 날름거리며 입술을 핥았다.

"솔직히 말씀드리죠. 동창은 환관 놈들이 춘약을 만들든 궁녀와 사통하든 신경 쓰지 않습니다."

"……."

"보아하니 여기서 만든 춘약을 팔아 크게 한몫 챙긴 것 같군요. 왕직한테 뇌물을 좀 더 올려 받아야겠습니다. 누이 좋고 매부 좋은 일이지요, 흐흐흐."

시간을 끌려는 수작은 보기 좋게 실패했다.

주국성이 품에서 수리검을 꺼냈다.

"제 발로 가시리라 믿지 않습니다. 해서 손바닥을 수리검으로 꿴 다음 끌고 가겠습니다."

그때였다.

어디선가 발소리가 들렸다.

저벅, 저벅, 저벅······.

무명과 주국성은 힐끔 시선을 돌리다가 깜짝 놀라고 말았다. 어둠 속에서 인형 하나가 무명과 주국성을 향해 걸어오는 것이 아닌가?

동시에 괴이한 냄새가 코를 찔렀다.

궁녀가 말했던 산미가 느껴지는 시큼한 냄새였다.

인형이 입을 열었다.

"장 공공을 데려가겠다고? 그렇게는 안 되지. 장 공공은 내 거야."

인형은 뜻밖에도 환관 복장을 하고 있었다. 기름불이 어른거리면서 인형의 얼굴을 밝혔다.

그는 인형이 아니라 소행자였다.

소행자가 양팔을 들어 킁킁거리며 옷소매의 냄새를 맡았다.

"내 몸에서 정말 냄새가 나? 난 하나도 몰랐는데. 옷 좀 빨아서 입어야겠다."

소행자는 동자 환관 특유의 가느다란 목소리는 변함없지만 말투가 완전히 바뀌어 있었다. 마치 버릇없는 어린아이 같았다.

잠깐 멍하니 있던 주국성이 피식 웃으며 말했다.

"너는 장 공공의 시종 아니냐?"

"응, 맞아."

소행자는 그냥 하대를 하는 게 아니라 어린애 같은 성정을 드러냈다.

"네놈, 단순한 동자 환관이 아니었군?"

"이제 알았어? 동창도 별거 없네."

"흐흐흐, 그러냐? 뭐, 좋다. 오늘은 장 공공을 잡아가야겠으니 한번 봐주마. 하룻밤에 두 탕 뛰는 건 힘들거든."

"나도 그래. 너는 원래 점찍어둔 적 없지만 오늘은 두 탕 뛰는 셈 쳐야겠어."

소행자의 말이 이상했다.

"점찍어둔 적 없다고? 무슨 소리지?"

"너는 잡아 올 생각 없었어. 내가 원한 건 장 공공뿐이거든. 근데 제 발로 들어왔으니 어쩌겠어?"

소행자가 고개를 돌려 무명을 봤다.

무명은 무심코 침을 꿀꺽 삼켰다. 기름불에 반짝거리는 소행자의 두 눈동자가 설명할 수 없는 광기로 가득 차 있었기 때문이다.

무명은 본능적으로 도망쳐야 된다고 느꼈다.

하지만 발이 떨어지지 않았다. 마치 맹수의 눈빛을 대하자 전신이 얼어붙은 초식동물처럼.

소행자가 말했다.

"장 공공, 잠깐만 기다려. 내가 이자 먼저 처치하고 올게."

주국성은 어이가 없다는 듯 고개를 저었다.

"허어, 참 나."

탁탁탁. 소행자가 가벼운 발걸음으로 주국성에게 다가갔다.

"얘야, 아서라. 그러다가 다친다……."

그때 소행자가 손바닥을 활짝 펴더니 주국성을 향해 쭉 뻗었다.

스스스스.

주국성의 눈빛이 대번에 변했다. 탓! 그가 두 발로 바닥을 박차며 허공으로 뛰어올랐다.

순간 그가 서 있던 자리에서 큰 북을 친 듯한 소리가 울려 퍼졌다.

텅!

내공을 실은 권장으로 허공을 타격하는 수법.

바로 벽공장이었다.

소행자가 킥킥거리며 말했다.

"피했어? 제법이네."

공중에 뜬 주국성이 몸을 한 바퀴 빙글 돌리며 삼 장 뒤에 착지했다. 그리고 혀를 날름거려서 입술을 핥았다.

"환관 괴인이 정말 있었군."

"사람들이 그렇게 부르더라고. 난 마음에 안 들어. 괴인이 뭐야? 그냥 절세 고수라고 하면 좀 좋아."

주국성이 양손을 품에 넣었다 뺐다. 그러자 두 손에 한 쌍의 수리검이 들려 있었다.

이제 그도 눈앞의 소행자가 얕잡아 볼 상대가 아니라고 깨달은 것이었다.

"하아앗!"

촤아악! 두 개의 수리검이 소행자를 향해 날아들었다.

소행자는 수리검이 코앞까지 날아올 동안 꼼짝하지 않았다.

양미간이 수리검에 꿰뚫리려는 찰나, 소행자가 슬쩍 손을 들어 올렸다. 그리고 어린아이가 구슬치기를 하듯이 검지를 허공에 대고 두 번 튕겼다.

퉁, 퉁.

그러자 화살처럼 날아들던 수리검이 벽에 부딪친 것처럼 허공에서 튕겨 나갔다.

깡, 깡!

주국성이 두 눈을 부릅뜨며 일갈했다.

"탄지공?"

탄지공(彈指功)은 손가락을 튕겨서 내공을 격발시키는 수법이다.

벽공장처럼 탄지공도 엄청난 내공을 지니지 않으면 출수가 불가능하다. 소행자의 내공 수위가 절정에 가깝다는 뜻이었다.

하지만 동창 소속 환관이며 우수전의 오른팔인 주국성도 만만치 않았다.

그가 양팔을 허공에 대고 기이하게 휘저었다.

휘리릭! 그러자 탄지공에 맞아 힘을 잃은 수리검이 생명을 가진 뱀처럼 똬리를 틀면서 다시 소행자 쪽으로 검날을 돌렸다. 주국성이 수리검에 내공을 실어 던졌던 것이었다.

실은 주국성의 수리검은 단순한 표창이 아니었다.

그의 수리검은 월아표(月牙鏢)라고 불리는 것으로, 끝에 가느다란 끈을 매달아 손목에 묶은 것이었다. 때문에 투척해서 공격하는 것은 물론 적에게 맞지 않을 경우 월아표를 회수하는 것도 가능했다.

또한 월아표는 검날 중간에 짐승의 송곳니처럼 작은 돌기가 솟아 있었다.

월아표가 적에게 박히는 순간 손목을 돌리며 끈을 잡아챈다. 그러면 송곳니가 원을 그리며 적의 살점을 한 움큼 도려내는 것이다.

한번 적중하면 반드시 치명상을 입히는 월아표.

주국성은 월아표를 수련한 뒤로 목숨을 건 결투에서 단 한 번도 지지 않았다.

"하아압!"

그가 양팔을 좌우로 저으며 흔들었다.

월아표가 공중에서 갈 지(之) 자를 그리며 소행자에게 날아갔다.

소행자는 이번에도 월아표를 피하지 않았다. 두 개의 월아표가 소행자의 목을 관통했다.

"잡았다!"

주국성이 쾌재를 불렀다.

하지만 착각이었다. 월아표가 꿰뚫은 것은 소행자가 남긴 잔상이었다.

목표를 잃은 월아표가 공터의 인형 하나에 가서 박혔다. 콰 콱!

"빌어먹을! 이 개자식이……."

주국성은 욕설을 지껄이다가 말을 흐렸다.

소행자가 어느새 월아표의 끈을 밟고 위에 서 있는 것이 아 닌가?

월아표 끈은 거문고 줄만큼 가느다랬다. 그런데 소행자는 미동도 하지 않고 끈 위에 두 발로 서 있었다.

스스슥. 소행자가 마치 평지를 걷는 것처럼 끈을 밟으며 주 국성에게 다가갔다.

"뭘 그렇게 놀라? 줄타기 처음 봐?"

"……!"

부웅! 소행자가 끈을 튕겨서 반탄력을 얻어 몸을 날렸다.

주국성이 손목을 잡아채며 월아표를 회수하려고 했다. 그 러나 소행자의 신형이 이미 그에게 쇄도하고 있었다.

소행자가 양 손바닥을 한 번씩 뻗었다.

두 번의 벽공장 출수.

다급해진 주국성이 뒤쪽으로 몸을 날렸다. 그리고 바닥을 데굴데굴 구르면서 벽공장을 피했다.

텅, 텅! 벽공장은 맨바닥을 때렸다.

주국성은 간신히 목숨을 건졌다. 하지만 소행자의 비웃음을 피할 수 없었다.

"하하하! 동창 환관이 나려타곤을 한대요!"

나려타곤(懶驢打滾)은 땅바닥을 구르면서 상대의 초식을 피하는 수법이다.

강호인은 나려타곤을 절대 쓰면 안 되는 수법으로 여겼다. 황급히 땅바닥을 구르는 꼴이 강호에 알려지면 그날로 비웃음거리가 되기 때문이다.

그러나 주국성은 멸시당하는 것보다 목숨을 건지는 쪽을 택했다.

땅바닥을 몇 바퀴 구른 주국성은 재빨리 몸을 일으켰다. 그리고 뒤도 돌아보지 않고 지하실 입구를 향해 달리기 시작했다.

소행자가 그를 놔둘 리 없었다.

"어딜 맘대로 도망가려고?"

부웅! 소행자가 주국성의 등을 향해 몸을 날렸다.

그때였다. 주국성이 몸을 홱 돌리며 양팔을 크게 휘저었다.

"흐아압!"

촤아악!

인형에 박혔던 두 개의 월아표가 빠지면서 빙글 방향을 돌리더니 소행자의 뒤통수를 향해 날아들었다.

주국성의 노림수는 그것으로 끝이 아니었다.

그가 양팔을 아래로 내리자 소매 속에서 두 개의 월아표가 더 나오는 것이었다.

"받아랏!"

쉬이이익!

월아표 두 개가 하나는 소행자의 인중을, 하나는 명치를 노렸다. 동시에 뒤에서는 또 다른 월아표 두 개가 뱀처럼 곡선을 그리며 소행자의 뒤통수와 등을 노렸다.

전후좌우에서 일시에 날아들어 적을 꿰어버리는 월아표.

바로 주국성이 숨기고 있던 노림수였다.

탁! 네 개의 월아표가 소행자에게 박혔다.

"크크크, 환관 괴인도 별것 아니⋯⋯."

혀를 날름거리던 주국성은 크게 눈을 뜨며 경악했다.

월아표는 소행자에게 박힌 게 아니었다. 소행자는 양손에 두 개씩 월아표를 잡고 있었다.

그것도 엄지와 검지만으로.

소행자는 주국성이 날린 네 개의 월아표를 피하기는커녕 손으로 받아버린 것이었다.

"왜 그래? 네가 받으라고 했잖아? 뭘 그렇게 놀라?"

소행자가 월아표를 휙 팽개치면서 손을 뻗었다.

텅! 주국성의 가슴 한복판에 손바닥 자국이 푹 새겨졌다.

그가 허리를 접으며 신음을 흘렸다.

"커헉……!"

주르륵.

주국성의 입에서 선혈이 흘러나왔다.

벽공장 단 일 초에 큰 내상을 입은 것이었다.

그때 소행자가 양미간을 찡그리며 몸을 날렸다.

"아차차! 실수했다!"

소행자는 가볍게 한 걸음을 내디딘 것 같았는데 순식간에 주국성의 코앞에 나타났다.

쉬쉬쉭! 소행자가 손을 뻗어 주국성의 혈도 세 곳을 점혈했다. 그러자 주국성의 입에서 뿜어져 나오던 선혈이 뚝 멈추었다.

"벌써 죽으면 곤란하지."

주국성은 피를 토하는 것은 그쳤지만 서 있는 자세로 뻣뻣이 굳어버렸다.

단지 두 눈만이 이채를 띤 채 멍하니 허공을 바라봤다.

절대 믿을 수 없는 것을 봤다는 눈빛으로.

실제 주국성의 무공 수위가 소행자와 비교해서 엄청난 차이가 나는 것은 아니었다. 주국성 역시 일류 수준은 훌쩍 뛰어넘는 고수였다.

문제는 내공의 깊이였다.

주국성은 민첩하고 화려한 무공을 주로 익혔다. 특히 월아표처럼 변화무쌍한 병기를 가장 선호하며 즐겨 사용했다.

그러나 기교와 변화만 추구하다 보니 무게감이 떨어졌다.

강호인은 둔도(鈍刀)보다 쾌검(快劍)을 선호한다. 하지만 실전에서는 단순 우직한 공격이 쾌속 화려한 기교를 압도할 때가 많다. 기교로 적을 이기려면 상대보다 한 수 위여야 가능한 것이다.

하물며 소행자와 주국성의 공력 차이는 상상도 못 할 수준이었으니…….

주국성이 진지하게 싸웠다면 적어도 큰 부상은 입지 않고 도망치는 것은 가능했으리라.

하지만 그는 월아표 수법으로 내공 고수인 소행자를 단숨에 처치하려 했다. 상대를 얕본 것이 주국성의 패인이었다.

그 결과, 중원의 모든 관리들이 이름만 들어도 벌벌 떤다는 동창 주국성이 불과 몇 초식 겨루지 못하고 일개 시종에 불과한 동자 환관에게 패배한 것이었다.

천외천. 하늘 밖에 또 다른 하늘이 있다.

그 사실을 잊은 자에게는 언젠가 처참한 패배가 뒤따른다.

동창 환관도 예외는 아니었다.

무명은 주국성이 일패도지하는 것을 보며 침을 꿀꺽 삼켰다.

'소행자가 환관 괴인이었다고?'

이제 소행자의 숨겨진 정체를 알 수 있었다.

소행자, 환관 괴인, 강호 사대악인, 내공 수위를 짐작도 할 수 없는 고수.

그 네 존재가 모두 하나였다.

가장 큰 문제는 소행자가 오래전부터 무명을 노리고 있었다는 것이었다.

무명은 몸을 돌려 어둠 속으로 달아났다. 그러나 소행자에게 무명은 부처님 손바닥 안의 손오공 꼴이었다.

"귀찮게 하네, 진짜."

소행자가 품에서 구리 동전 하나를 꺼내 검지로 튕겼다.

퉁!

어둠 속을 날아온 동전이 무명의 옆구리에 꽂혔다.

"크흡……!"

무명은 숨통이 틀어막히는 것을 느끼며 그 자리에 발을 멈췄다. 동전이 정확하게 혈도에 적중했던 것이다.

소행자가 무명에게 다가오더니 천진난만한 목소리로 말했다.

"장 공공, 잠깐만 기다려. 내가 이자부터 처리한 다음……."

소행자가 무슨 말을 했지만 수혈(睡穴)을 점혈당한 무명은 그대로 정신을 잃어버렸다.

얼마나 시간이 흘렀을까.

강한 산미가 느껴지는 시큼한 냄새가 코를 찔렀다.

무명은 힘들게 눈을 떴다. 돌덩이가 매달려 있는 것처럼 눈꺼풀이 무거웠다.

그런데 눈을 뜬 순간 무명은 정신이 번쩍 들었다.

바로 눈앞에서 주국성이 두 눈을 부릅뜬 채 무명을 노려보고 있는 것이 아닌가?

'……!'

무명은 깜짝 놀라서 몸을 피하려고 했다.

하지만 전신이 꼼짝도 하지 않았다. 그저 눈꺼풀을 뜨고 눈동자를 굴리는 것만이 가능했다.

그제야 무슨 일이 있었는지 기억났다. 소행자가 날린 동전에 맞고 점혈당해서 정신을 잃었다. 다시 깨어나긴 했지만 아직 몸이 마비된 상태였다.

무명은 눈동자를 굴려서 상황을 살폈다.

자신은 의자에 앉아 있었다. 반면 주국성은 뻣뻣이 선 자세로 무명을 노려보고 있었다.

'주국성도 소행자한테 점혈당한 것인가?'

그런데 무언가 이상했다.

주국성도 점혈당한 것처럼 꼼짝하지 않고 있었다. 하지만 그의 머리카락이 바람에 나부끼는 것처럼 천천히 흔들리고 있었다.

순간 무명은 경악하고 말았다.

'유리관?'

주국성은 그냥 서 있는 게 아니라 수직으로 세워진 커다란 유리관 속에 있었던 것이다.

유리관은 투명한 액체로 가득 차 있었다. 주국성은 액체 속에 잠긴 채 살짝 떠 있는 상태였다. 머리카락이 나부끼는 것처럼 보였던 것은 액체의 흐름에 따라 움직이고 있기 때문이었다.

뱀처럼 교활한 두 눈을 부릅뜬 채 액체 속에서 숨을 거둔 주국성.

독사로 담근 술.

꿈을 가장해서 지어냈던 말이 현실이 되어 나타났다.

무명은 등줄기에 오싹 소름이 돋았다.

'대체 주국성을 어떻게 하려는 거지?'

무명은 정신을 차리고 다시 주위를 살폈다.

어둠 속으로 죽 늘어서 있는 괴이한 인형들이 보였다. 무명과 주국성이 있는 곳은 인형들이 있던 공터였던 것이다.

그때 어둠 속에서 괴이한 소리가 들렸다.

써억, 써억, 써억.

무명은 소리가 나는 쪽으로 눈동자를 굴렸다.

기름불 밑에 누군가가 등을 돌린 채 앉아 있었다.

바로 소행자였다.

"…승자는 누구며 패자는 누구인지 하늘인들 대답하

리요?"

소행자는 저잣거리에서 유행하는 노래를 부르며 양팔을 앞
뒤로 밀었다 당겼다 했다.

그러다가 손에 쥔 물건을 들어서 세심하게 살폈다.

"아직 무뎌. 좀 더 해야겠다."

물건이 불빛을 반사하며 반짝 빛났다. 그것은 한 자루의 검
이었다.

그런데 검은 자루가 짧고 검날이 뭉툭한 것이 강호 무사들
이 쓰는 도검과는 전혀 딴판이었다. 그것은 병장기가 아니라
고기를 써는 데 쓰는 식칼이었다.

소행자가 계속해서 칼을 갈았다.

써억, 써억, 써억······.

무명은 이해가 안 됐다. 소행자는 벽공장을 출수하는 내공
고수다. 한데 병기로 쓰기에 애매한 식칼은 무엇 하려고 공
들여서 간다는 말인가?

그때 소행자가 뭐라고 중얼거렸다.

"동창 환관을 너무 세게 쳤나? 근골은 둘째 치고 가죽까지
상할 뻔했잖아."

그의 목소리는 마치 우는소리를 하는 것처럼 들렸다.

그러고 보니 주국성과 싸울 때 소행자의 행동이 여간 괴이
한 게 아니었다.

소행자는 주국성을 단 일 초의 벽공장으로 패퇴시켰다. 하

지만 주국성이 내상을 입고 쓰러지려 하자 곧장 달려들어서 점혈을 했다.

그러면서 '벌써 죽으면 곤란해'라고 말했다.

'소행자는 주국성의 명줄이 끊기는 것을 늦춘 뒤 액체가 담긴 유리관 속에 담갔다.'

대체 왜?

무명은 문득 떠오르는 사실이 있었다.

환관 괴인은 지금까지 많은 사람을 납치했다. 그러나 사람들은 실종되었을 뿐, 단 한 번도 시신이 발견되지 않았다.

그리고 환관 괴인 소행자는 이강이 말한 강호 사대악인 중 하나였다.

무명은 이강을 제외한 사대악인을 한 명씩 되짚어봤다.

당랑귀녀. 사내와 방사를 치른 뒤 목을 베어야 쾌감을 느낀다.

인육숙수. 사람들을 죽인 뒤 인육을 파는 객잔을 운영한다.

'그렇다면 소행자는?'

무명은 탐문 수사를 통해 알아낸 소행자의 특징을 머릿속으로 하나씩 열거했다.

특이한 이력이 있는 사람들만 골라서 납치했다.

몸에서 시큼한 탕약 냄새가 났다.

공터에 수많은 인형들을 괴이하게 진열해 놓았다.

그리고 주국성의 숨통을 바로 끊지 않고 정체불명의 액체 속에 담가놓았다…….

순간 무명은 모든 진실을 깨달았다.

'저건 인형이 아니다.'

핏기가 한 점도 없는 표면을 보고 그것을 인형이라고 생각한 것이 착각이었다.

눈앞에 보이는 것은 인형이 아니라 시신이었다. 아니, 그냥 시신이 아니었다.

무명은 소행자가 칼을 가는 이유를 알 수 있었다.

납치해 온 자들을 특수한 탕약에 담그고 썩지 않도록 처리한다. 탕약이 잘 배어들면 가죽을 벗기고 무두질을 한다. 마지막으로 벗겨낸 가죽 속에다 솜이나 대팻밥을 채워 넣어 살아 있을 때와 같은 모습으로 만든다.

무명은 충격을 받아 정신이 아득해졌다.

'박제 제조법……!'

소행자가 만드는 것은 바로 박제였다.

마지막 사대악인의 취미는 인간 사냥이었던 것이다.

살아생전의 모습을 그대로 유지한 채 제각각 생동감 넘치게 자세를 취하고 있는 사람들.

그들은 다름 아닌 소행자의 전리품이었다.

목숨이 끊어진 채 언제까지고 어둠 속에서 생전의 모습대로 서 있는 인형들. 지하 도시의 망자보다도 못한 끔찍한 최후였다.

소행자는 지금 주국성을 박제할 준비를 하는 중이었다.

주국성을 끝내면 다음 차례는 무명이리라.

'도망쳐야 한다.'

그러나 어떻게?

무명은 정신을 집중하고 전신의 진기를 단전에 모으기 시작했다.

점혈 수법은 상대의 요혈에 진기를 불어넣어 기혈의 맥을 일순 멈추게 하는 원리다.

즉, 내공 진기를 몸에 돌릴 수 있다면 이론상으로는 점혈을 풀 수 있었다. 내공이 훨씬 높은 고수는 점혈 자체가 어려운 것도 그런 원리에서였다.

문제는 무명은 내공이 전폐된 몸이라는 것이었다.

하지만 단전에 한 줌의 내공을 끌어모으는 것은 이미 여러 번 시도해서 성공한 경험이 있었다. 그 한 줌의 내공을 막힌 혈도로 단숨에 돌린다면?

'점혈을 푸는 게 가능할지 모른다.'

아니, 불가능해도 시도해야 했다.

가만히 있으면 죽는 것은 시간문제이니까.

무명의 전신이 점점 시뻘겋게 달아올랐다. 점혈당한 몸으로 억지로 단전에 내공을 모으자니 역효과가 벌어졌던 것이다.

하지만 멈출 수는 없었다.

소행자는 콧노래를 부르며 칼을 갈고 있었다. 다행히 무명이 내공을 모은다는 사실은 모르는 것 같았다.

그러는 사이 무명의 몸속은 뜨거운 용광로처럼 달아올랐다.

최대치로 모을 수 있는 내공 진기가 단전에 쌓였을 때, 무명이 모든 진기를 동전에 맞았던 혈도 쪽으로 돌렸다.

무명의 몸속에서 강렬한 진기의 파도가 용솟음치며 흘렀다.

고오오오오!

순간 무명은 뜨거운 불쏘시개가 옆구리를 찌르는 격통을 느꼈다.

갑자기 막혀 있던 숨통이 뻥 뚫렸다.

점혈이 풀린 것이었다.

"흡……."

무명은 숨소리가 날 뻔한 것을 다급히 참았다.

그나마 소행자가 대충 손을 놀려서 점혈한 게 다행이었다. 만약 그가 십성의 공력을 동전에 실었더라면 점혈을 풀기는커녕 마비에서 헤어 나오지 못했을 것이다.

하지만 전신에 힘이 빠져서 온몸이 연체동물처럼 축 늘어졌다. 오랫동안 점혈되어 있던 바람에 팔다리에 힘을 넣을 수가 없었다.

힘이 풀린 무명은 스르르 의자에서 미끄러졌다.

털썩. 그는 바닥에 모로 쓰러졌다.

그 와중에도 눈동자는 소행자의 등을 놓치지 않고 있었다.

소행자는 여전히 콧노래를 부르며 칼을 갈고 있었다. 노랫소리와 칼 가는 소리에 파묻혀서 무명이 쓰러지는 소리가 들리지 않은 게 천만다행이었다.

'성공이다.'

무명은 억지로 힘을 줘서 몸을 굴렸다. 그리고 엎드린 자세가 되자 팔다리를 움직이며 바닥을 기어가기 시작했다.

'이렇게 죽을 수는 없다.'

사람이 죽고 사는 데에 이유는 따로 없다. 그러나 철부지 악인의 노리갯감이 되어 목숨을 끝낼 수는 없었다.

아직 몸에 감각이 돌아오지 않아서 팔다리가 남의 것 같았다.

그러나 이를 꽉 다물고 몸을 움직였다. 무명은 박제들이 서 있는 사이로 거북이처럼 조금씩 앞으로 나갔다.

그때였다.

노랫소리가 멈추더니 소행자의 목소리가 들렸다.

"장 공공, 깨어났어?"

무명은 흠칫 놀라서 동작을 멈췄다. 하지만 소행자는 고개를 돌리지 않고 계속 칼을 갈면서 얘기했다.

"이제 깰 시간이 된 것 같은데? 참, 잠은 깼어도 마비는 안

풀려서 대답을 못 하겠구나? 히히히."

소행자의 말투는 마치 어린아이 같았다.

그는 무명이 점혈을 풀지 못한 채 의자에 앉아 있다고 생각하는지 계속 말을 건넸다.

'이때가 기회다.'

무명은 최대한 소리를 죽이면서 바닥을 기어갔다.

그런데 소행자가 흥미로운 말을 했다.

"그래, 내가 환관 괴인이야. 근데 내가 왜 장 공공을 갖고 싶은 건지 알아?"

바닥을 기던 무명은 귀가 솔깃해졌다.

『실명무사』 8권에 계속…

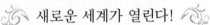

초대형 24시 만화방

신간 100%, 샤워실, 흡연실, 수면실(침대석), 커플석, 세탁기 완비

■ 광명 광명사거리역점 ■

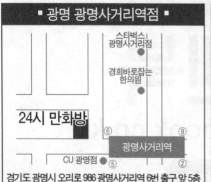

경기도 광명시 오리로 986 광명사거리역 6번 출구 앞 5층
02) 2625-9940 (솔목타워 5층)

■ 강북 노원역점 ■

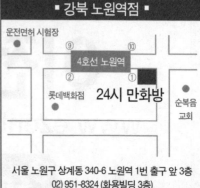

서울 노원구 상계동 340-6 노원역 1번 출구 앞 3층
02) 951-8324 (화용빌딩 3층)

■ 일산 정발산역점 ■

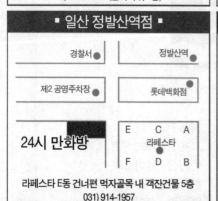

라페스타 E동 건너편 먹자골목 내 객잔건물 5층
031) 914-1957

■ 일산 화정역점 ■

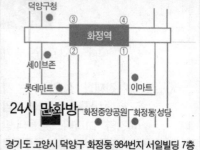

경기도 고양시 덕양구 화정동 984번지 서일빌딩 7층
031) 979-4874 (서일사우나 건물 7층)

■ 부천 역곡역점 ■

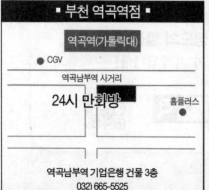

역곡남부역 기업은행 건물 3층
032) 665-5525

■ 부평역점 ■

(구) 진선미 예식장 뒤 한신포차 건물 10층
032) 522-2871

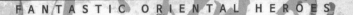

FANTASTIC ORIENTAL HEROES

와룡봉주

임영기 新무협 판타지 소설

세상천지 원하는 것을 모두 다 이룬
천하제일인 십절무황(十絶武皇).
우화등선 중, 과거 자신의 간절한 원(願)과 이어진다.

"…내가 금년 몇 살이더냐?"
"공자께선 올해 스무 살이죠."

개망나니였던 육십사 년 전으로 돌아온
화운룡(華雲龍).

멸문으로 뒤틀린 과거의 운명이 뒤바뀐다!

Book Publishing CHUNGEORAM

검선마도

조돈형 新 무협 판타지 소설

FANTASTIC ORIENTAL HEROES

매화가 춤을 추고 벽력이 뒤따른다!

분심공으로 생각과 행동을
둘로 나눌 수 있게 된 풍월.

한 손엔 화산파의 검이, 다른 한 손엔 철산도문의 도가.
그를 통해 두 개의 무공이 완벽하게 하나가 된다.

검과 도, 정도와 마도!
무결점의 합공이 시작된다.

Book Publishing CHUNGEORAM

유행이 아닌 자유추구 -
WWW.chungeoram.com